HACKERS × EZ Japan

해커스 JLPT N1 한 권으로 합격

JLPT新日檢

N1

全新修訂版

一本合格

U0096008

N1必考單字文法記憶小冊

☑ 把背不起來的單字勾起來，時時複習！

漢字讀法

[外型相似的漢字音讀名詞]

☐ こうい 行為	图行為、行徑
☐ ぎぞう 偽造	图偽造
☐ いせき 遺跡	图遺跡
☐ はけん 派遣	图派遣
☐ よういん 要因	图主要原因
☐ ひんこん 貧困	图貧困、貧乏
☐ おうしん 往診	图出診
☐ きょじゅう 居住	图居住、住處
☐ ふんがい 憤慨	图氣憤、憤慨
☐ きこん 既婚	图已婚
☐ きかん 器官	图器官
☐ きゅうでん 宮殿	图宮殿
☐ そうかん 創刊	图創刊
☐ けいばつ 刑罰	图刑罰
☐ へんかん 返還	图返還、歸還
☐ へんせん 変遷 '15	图變遷
☐ かんし 監視	图監視
☐ はんらん 氾濫	图氾濫
☐ たき 多岐 '16	图多岐
☐ とくぎ 特技	图特技
☐ しつぎ 質疑	图質疑、質詢
☐ ぎょうしゅく 凝縮 '14	图凝聚、凝結
☐ きょくげん 局限	图侷限

☐ ごく 語句	图語句
☐ きんこう 均衡	图均衡
☐ しょうげき 衝撃	图衝擊、衝撞
☐ じこう 事項	图事項
☐ さんちょう 山頂	图山頂
☐ こうそく 拘束	图拘束、限制
☐ かいほう 介抱	图護理、照顧
☐ さいむ 債務 '19	图債務
☐ せきむ 責務	图責任和義務
☐ ふくし 福祉	图福利
☐ しゅっしゃ 出社	图上班
☐ きんし 近視	图近視
☐ しゅくが 祝賀	图祝賀
☐ しせつ 施設	图設施、設備
☐ あっせん 幹旋	图幹旋、居中調停
☐ けいしゃ 傾斜 '17	图傾斜、坡度
☐ はいじょ 排除	图排除
☐ はいしゃく 拝借	图借（謙讓）
☐ そち 措置 '20	图措施
☐ はんしょく 繁殖 '19	图繁殖
☐ ちょくめん 直面	图面臨、面對
☐ しんじょう 心情	图心情
☐ にんたい 忍耐 '18	图忍耐
☐ かせき 化石	图化石
☐ かいたく 開拓 '17	图開墾、開闢

□ きょうたん **驚嘆**'18	名驚嘆	□ こうぎ **抗議**	名抗議
□ ひ なん **非難**	名譴責	□ しんぎ **審議**	名審議
□ ちんれつ **陳列**'16	名陳列	□ とうぎ **討議**	名討論
□ み れん **未練**	名戀戀不捨、不熟練	□ さいきん **細菌**	名細菌
□ ついせき **追跡**	名追蹤	□ さっきん **殺菌**'17	名殺菌
□ はくがい **迫害**	名迫害	□ かんこく **勧告**	名勧告
□ とくそく **督促**'14	名督促	□ しんこく **申告**	名申報
□ もくろく **目録**	名目錄	□ ちゅうこく **忠告**	名忠告
□ は あく **把握**'13	名掌握	□ ふこく **布告**	名公布
□ ひ りょう **肥料**	名肥料	□ しかく **視覚**	名視覺
□ ひ なん **避難**	名避難	□ し さつ **視察**	名視察
□ へきえき **辟易**	名退縮、屈服	□ し てん **視点**	名視點、觀點

[包含相同漢字的音讀名詞]

		□ し や **視野**	名視野
□ かいかく **改革**'12	名改革	□ じ かく **自覚**	名自覺、覺悟
□ かいしゅう **改修**	名整修、修復	□ じ こ **自己**	名自己、自我
□ かいてい **改訂**	名修訂	□ じ しゅく **自粛**'18	名自慎、自我克制
□ かいりょう **改良**	名改良	□ じ りつ **自立**	名獨立
□ がいせつ **概説**	名概說、概論	□ しゅうえき **収益**	名收益
□ がいねん **概念**	名概念	□ しゅうし **収支**	名收支
□ がいよう **概要**	名概要、梗概	□ しゅうしゅう **収集**	名收集
□ がいりゃく **概略**'14	名概略	□ しゅうよう **収容**'20	名收容、拘留
□ がいかん **外観**	名外觀、外表	□ しょうしん **昇進**	名晉升、升職
□ しゅかん **主観**	名主觀	□ すいしん **推進**	名推進、推動
□ けつ ぎ **決議**	名決議	□ そくしん **促進**	名促動
		□ やくしん **躍進**'14	名躍進

文字・語彙

☑️ 把背不起來的單字勾起來，時時複習！

□ こせい 個性	图個性	□ りそく 利息	图利息
□ ちせい 知性	图知性	□ すいり 推理[10]	图推理
□ てきせい 適性	图性格或資質的適應性	□ ろんり 論理	图邏輯、道理
□ まんせい 慢性	图慢性	□ がくれき 学歴	图學歷
□ はかい 破壊	图破壞	□ りれき 履歴[19]	图履歷
□ はき 破棄	图撕毀、作廢	□ かんわ 緩和[13]	图緩和
□ はそん 破損[15]	图破損、損壞	□ ちゅうわ 中和	图中和、平衡
□ はれつ 破裂	图破裂	□ ちょうわ 調和	图協調、和諧
□ しぼう 志望	图志願	□ ほうわ 飽和	图飽和
□ たいぼう 待望	图盼望		

□ ようぼう 要望	图要求、願望	**[長音易混淆的音讀名詞]**	
□ よくぼう 欲望	图慾望	□ いんきょ 隠居	图退休、隱居
□ しゃくめい 釈明[11]	图解釋、辯解	□ きょひ 拒否	图拒絕、否決
□ せいめい 声明	图聲明	□ きょうい 驚異	图驚異、奇事
□ けいやく 契約[10]	图契約	□ きょうこう 強硬	图強硬
□ けんやく 倹約	图節儉、儉約	□ きょうじゅ 享受	图享受
□ じょうやく 条約	图條約	□ だきょう 妥協	图妥協
□ せいやく 制約	图必要條件、限制	□ はんきょう 反響	图反響
□ ゆうし 融資	图融資	□ ふきょう 不況	图不景氣
□ ゆうずう 融通	图暢通、通融	□ ぐち 愚痴	图怨言
□ えつらん 閲覧[11]	图閱覽	□ きょうぐう 境遇	图境遇、處境
□ かんらん 観覧	图觀賞	□ かいこ 回顧[18]	图回憶、回顧
□ りえき 利益[11]	图利益、益處	□ こりつ 孤立	图孤立、排擠
□ りし 利子	图利息	□ こうけん 貢献[19]	图貢獻
□ りじゅん 利潤	图利潤	□ こうじょ 控除	图扣除

□ こうずい **洪水**	名洪水	□ そうしつ **喪失**	名喪失
□ こうはい **荒廃**	名荒廢、荒蕪	□ そうどう **騒動**	名鬧事、暴亂
□ しゅし **趣旨** '13	名意思、宗旨	□ ばんそう **伴奏** '10	名伴奏
□ ぐんしゅう **群集** '12	名集聚、群眾	□ ちょちく **貯蓄**	名儲蓄
□ しゅうちゃく **執着** '19	名執著	□ こちょう **誇張**	名誇張、誇大
□ ほうしゅう **報酬**	名報酬	□ ちょういん **調印**	名在條約或契約上簽字
□ じゅもく **樹木** '16	名樹木	□ ちょうこう **聴講**	名聽講、聽課
□ しんじゅ **真珠**	名珍珠	□ しっと **嫉妬**	名嫉妒
□ じゅうらい **従来**	名以往、向來	□ ふっとう **沸騰**	名沸騰
□ そうじゅう **操縦**	名駕駛、操縱	□ はいふ **配布**	名發配、散布
□ しょち **処置**	名處置	□ ふはい **腐敗**	名腐敗、腐壞
□ しょみん **庶民**	名平民、老百姓	□ ふりょく **浮力**	名浮力
□ かんしょう **干渉** '20	名干涉、干擾	□ ふうど **風土**	名風土、水土
□ しょうだく **承諾** '15	名承諾	□ ほかく **捕獲**	名捕獲
□ しょうれい **奨励**	名獎勵	□ ほうかい **崩壊**	名崩潰、崩塌
□ そしょう **訴訟**	名訴訟	□ ほうき **放棄**	名放棄
□ ばいしょう **賠償**	名賠償	□ ほうび **褒美**	名褒賞、獎品
□ ふしょう **負傷**	名負傷、受傷	□ ぶんぼ **分母**	名分母
□ ちつじょ **秩序**	名秩序	□ ぼうせき **紡績**	名紡織、棉紗
□ めんじょ **免除**	名免除	□ かんよ **関与**	名參與
□ じょうほ **譲歩**	名讓步	□ じゅよう **需要** '13	名需求
□ はくじょう **白状**	名坦白	□ どうよう **動揺**	名動搖、不安
□ かそ **過疎**	名過少、過稀	□ ふよう **扶養**	名扶養
□ そし **阻止**	名阻止	□ こうりょ **考慮** '11	名考慮
□ そうさく **捜索**	名搜索、尋找	□ きゅうりょう **丘陵** '18	名丘陵

☑ 把背不起來的單字勾起來，時時複習！

□	しんりょう **診療**	图 診療、診治
□	りょうしょう **了承** '17	图 明白、同意
□	けいろ **経路**	图 路徑、過程
□	かろう **過労**	图 過勞
□	ひろう **披露** '19	图 宣佈、表演
□	ろうひ **浪費**	图 浪費

[包含兩種讀音的漢字音讀名詞]

□	かいあく **改悪**	图 越改越壞
□	けんおかん **嫌悪感** '18	图 厭惡感
□	かちく **家畜**	图 家畜
□	けらい **家来**	图 封建時代的家臣
□	もっか **目下**	图 目前、當前
□	げり **下痢**	图 腹瀉
□	はんが **版画**	图 版畫
□	くかく **区画**	图 區域、區域劃分
□	がっぺい **合併** '12	图 合併
□	ごうせい **合成**	图 合成
□	がんねん **元年**	图 元年
□	げんそ **元素**	图 元素
□	こんきょ **根拠** '11	图 根據
□	しょうこ **証拠**	图 證據
□	ぎょうせい **行政**	图 行政
□	すいこう **遂行** '14	图 完成、貫徹
□	よきょう **余興**	图 餘興

□	こうふん **興奮** '15	图 興奮、亢奮
□	しんこう **振興** '20	图 振興
□	ふっこう **復興** '17	图 復興
□	さいく **細工**	图 手工藝品、耍花招
□	かこう **加工**	图 加工
□	だんげん **断言**	图 斷言、斷定
□	むごん **無言**	图 沉默
□	さよう **作用**	图 作用
□	こうさく **耕作**	图 耕種
□	ほうし **奉仕**	图 服務、廉價賣出
□	きゅうじ **給仕**	图 雜工
□	たいじ **退治**	图 消滅
□	とうち **統治**	图 統治
□	きじつ **期日**	图 規定的日期、期限
□	にちや **日夜** '13	图 總是
□	しゅぎょう **修行**	图 修行、苦練工夫
□	しゅうしょく **修飾**	图 修飾
□	しんじゅう **心中**	图 殉情
□	ちゅうすう **中枢** '14	图 中樞
□	ゆいしょ **由緒** '12	图 緣由
□	じょうちょ **情緒**	图 情緒、情趣
□	しょうがい **生涯**	图 一生、生涯
□	せいけい **生計**	图 生計
□	いしょう **衣装**	图 服裝、戲裝
□	そうび **装備**	图 裝備

☐ 繁盛^{はんじょう}'10	图繁榮		☐ 名誉^{めいよ}'12	图名譽

☐ **繁盛**^{はんじょう} '10 　图繁榮

☐ **全盛**^{ぜんせい} 　图全盛

☐ **案の定**^{あん じょう} 　图果然、正如所料

☐ **鑑定**^{かんてい} '16 　图鑒定、估價

☐ **内心**^{ないしん} 　图內心、心中

☐ **肝心**^{かんじん} '11 　图首要、關鍵

☐ **人脈**^{じんみゃく} '16 　图人脈

☐ **万人**^{ばんにん} 　图大眾、眾人

☐ **交代**^{こうたい} 　图輪流、替換

☐ **世代**^{せ だい} 　图某年齡層

☐ **体格**^{たいかく} 　图體格

☐ **体裁**^{ていさい} 　图樣式、外表

☐ **暴露**^{ばくろ} '17 　图暴露、揭露

☐ **暴力**^{ぼうりょく} 　图暴力

☐ **発掘**^{はっくつ} 　图發掘、發現

☐ **発作**^{ほっさ} 　图發作

☐ **微笑**^{びしょう} 　图微笑

☐ **微塵**^{みじん} 　图微小、一點點

☐ **封鎖**^{ふうさ} 　图封鎖

☐ **封建**^{ほうけん} 　图封建

☐ **規模**^{きぼ} 　图規模

☐ **模範**^{もはん} 　图榜樣、典型

☐ **面目**^{めんぼく} 　图臉面

☐ **着目**^{ちゃくもく} 　图著眼

☐ **本名**^{ほんみょう} 　图本名

☐ **名誉**^{めいよ} '12 　图名譽

[半濁音、促音易混淆的音讀名詞]

☐ **富豪**^{ふごう} 　图富豪

☐ **貧富**^{ひんぷ} '13 　图貧富、窮人和富人

☐ **交付**^{こうふ} 　图發給

☐ **添付**^{てんぷ} '15 　图附加、附上

☐ **克服**^{こくふく} '19 　图克服、征服

☐ **軍服**^{ぐんぷく} 　图軍服

☐ **他方**^{たほう} 　图另一方面

☐ **遠方**^{えんぽう} 　图遠方

☐ **決算**^{けっさん} 　图結帳

☐ **決断**^{けつだん} 　图果斷、決心

☐ **結束**^{けっそく} 　图捆、束、團結

☐ **結合**^{けつごう} 　图結合、聯合

☐ **錯覚**^{さっかく} 　图錯覺

☐ **錯誤**^{さくご} 　图錯誤

☐ **実践**^{じっせん} 　图實踐

☐ **実情**^{じつじょう} 　图實情、真情實話

☐ **出費**^{しゅっぴ} 　图費用、開支

☐ **出現**^{しゅつげん} 　图出現

☐ **接触**^{せっしょく} 　图來往、接觸

☐ **接続**^{せつぞく} 　图連續、連接

☐ **設置**^{せっち} 　图設置、設立

☐ **設立**^{せつりつ} 　图設立、成立

文字・語彙

☑ 把背不起來的單字勾起來，時時複習！

□	てっこう 鉄鋼	名 鋼鐵
□	てつぼう 鉄棒	名 鐵棒、鐵條
□	とっけん 特権	名 特權
□	とくさん 特産	名 特產、土產
□	ねっとう 熱湯	名 煮開的水
□	ねつい 熱意	名 熱情
□	ひっしゅう 必修	名 必修
□	ひつぜん 必然	名 必然
□	みっしゅう 密集	名 密集
□	みつど 密度	名 密度、周密

[漢字讀法題常考音讀な形容詞]

□	えんきょく 婉曲だ	な形 婉轉、委婉
□	かくいつてき 画一的だ '15	な形 統一性的
□	かんじん 肝心だ	な形 首要、關鍵
□	かんよう 寛容だ	な形 寬容
□	きゃしゃ 華奢だ	な形 奢華、纖弱
□	きゅうくつ 窮屈だ	な形 窄小、不自由
□	けんちょ 顕著だ '16	な形 顯著、明顯
□	げんせい 厳正だ '14	な形 嚴重
□	こうしょう 高尚だ	な形 高尚、高深
□	こうみょう 巧妙だ '13 '20	な形 巧妙
□	ごうかい 豪快だ '18	な形 豪放、豪爽
□	こくめい 克明だ '12	な形 細緻、細心
□	こっけい 滑稽だ	な形 滑稽、可笑

□	じゅうなん 柔軟だ	な形 柔軟、靈活
□	じんそく 迅速だ	な形 迅速
□	せいこう 精巧だ	な形 精巧、精緻
□	そぼく 素朴だ	な形 單純、樸素
□	ちょめい 著名だ	な形 有名、知名
□	はくじゃく 薄弱だ	な形 軟弱、意志薄弱
□	ばくぜん 漠然だ '11	な形 籠統、含糊
□	ふしん 不振だ	な形 不興旺
□	ぶなん 無難だ	な形 平安無事、無可非議
□	ぶれい 無礼だ	な形 無禮、沒有禮貌
□	ぼうだい 膨大だ '18	な形 膨大、膨脹
□	むくち 無口だ	な形 寡言
□	めいはく 明白だ	な形 明白、明顯
□	もうれつ 猛烈だ '19	な形 猛烈
□	ゆうかん 勇敢だ	な形 勇敢

[漢字讀法題常考訓讀名詞]

□	あいだがら 間柄	名 交際、聯繫
□	ありさま 有様	名 樣子、情況
□	いえで 家出	名 離家出走
□	いきどお 憤り '13	名 憤怒、憤慨
□	いこ 憩い '13	名 休息
□	いつわ 偽り '18	名 謊言、虛偽
□	うちわけ 内訳	名 明細、分類
□	うでまえ 腕前	名 本事、能力

□ 獲物 <small>えもの</small>	图 獵物、戰利品	
□ 大筋 <small>おおすじ</small>	图 大綱、梗概	
□ 片言 <small>かたこと</small>	图 簡短的話	
□ 傍ら <small>かたわ</small>	图 旁邊、一邊…一邊	
□ 構え <small>かま</small>	图 構造、格局	
□ 兆し <small>きざ</small> '11	图 預兆	
□ 首輪 <small>くびわ</small>	图 項錬、頸圈	
□ 心得 <small>こころえ</small>	图 經驗、體會	
□ 事柄 <small>ことがら</small>	图 事情、事態	
□ 寒気 <small>さむけ</small>	图 發冷、惡寒	
□ 下心 <small>したごころ</small>	图 內心、企圖	
□ 下火 <small>したび</small>	图 火勢漸弱、衰微	
□ 建前 <small>たてまえ</small>	图 場面話	
□ 溜り <small>たま</small>	图 積存、休息處	
□ 弛み <small>たる</small>	图 鬆弛	
□ 手数 <small>てかず</small>	图 麻煩	
□ 手際 <small>てぎわ</small> '12	图 手法、本領	
□ 手元 <small>てもと</small>	图 手邊	
□ 年頃 <small>としごろ</small>	图 適齡、年紀	
□ 鳥居 <small>とりい</small>	图 立在日本神社入口的牌坊	
□ 中程 <small>なかほど</small>	图 中間	
□ 西日 <small>にしび</small>	图 夕陽	
□ 音色 <small>ねいろ</small>	图 音色	
□ 初耳 <small>はつみみ</small>	图 初次聽到	
□ 浜辺 <small>はまべ</small>	图 海邊、湖邊	

□ 人影 <small>ひとかげ</small>	图 人影	
□ 一筋 <small>ひとすじ</small>	图 一條、一心一意	
□ 人目 <small>ひとめ</small>	图 世人眼光	
□ 真心 <small>まごころ</small>	图 誠意、真心真意	
□ 真ん前 <small>ままえ</small>	图 對面、正前方	
□ 巡り <small>めぐ</small> '17	图 轉圈、循環	
□ 枠 <small>わく</small> '12	图 框、界限	
□ 詫び <small>わ</small>	图 道歉、賠禮	
□ 割当 <small>わりあて</small>	图 分配	

[漢字讀法題常考混合音讀與訓讀的名詞]

□ 赤字 <small>あかじ</small>	图 赤字	
□ 当て字 <small>あてじ</small>	图 假借字	
□ 跡地 <small>あとち</small> '13	图 舊址	
□ 油絵 <small>あぶらえ</small>	图 油畫	
□ 縁側 <small>えんがわ</small>	图 日本房屋外的走廊	
□ 株式 <small>かぶしき</small>	图 股份	
□ 心地 <small>ここち</small>	图 感覺、心情	
□ 指図 <small>さしず</small> '17	图 指示	
□ 桟橋 <small>さんばし</small>	图 棧橋	
□ 仕組 <small>しくみ</small>	图 構造	
□ 下地 <small>したじ</small>	图 準備	
□ 地元 <small>じもと</small>	图 當地	
□ 相場 <small>そうば</small> '16	图 行情	
□ 手錠 <small>てじょう</small>	图 手銬	

☑ 把背不起來的單字勾起來，時時複習！

□ <ruby>手本<rt>て ほん</rt></ruby>	图 字帖、範本	□ <ruby>映える<rt>は</rt></ruby> '19	動 映照
□ <ruby>控室<rt>ひかえしつ</rt></ruby>	图 休息室	□ <ruby>欺く<rt>あざむ</rt></ruby>	動 欺騙
□ <ruby>人気<rt>ひと け</rt></ruby>	图 人影	□ <ruby>赴く<rt>おもむ</rt></ruby>	動 赴、往
□ <ruby>人質<rt>ひとじち</rt></ruby>	图 人質	□ <ruby>裁く<rt>さば</rt></ruby>	動 裁判
□ <ruby>本筋<rt>ほんすじ</rt></ruby> '10	图 正道	□ <ruby>背く<rt>そむ</rt></ruby>	動 違背
□ <ruby>本音<rt>ほん ね</rt></ruby>	图 真心話	□ <ruby>呟く<rt>つぶや</rt></ruby>	動 發牢騷
□ <ruby>本場<rt>ほん ば</rt></ruby>	图 主要產地	□ <ruby>貫く<rt>つらぬ</rt></ruby> '13	動 貫穿
□ <ruby>水気<rt>みず け</rt></ruby>	图 水分	□ <ruby>仰ぐ<rt>あお</rt></ruby>	動 仰望
□ <ruby>喪服<rt>も ふく</rt></ruby>	图 喪服	□ <ruby>凌ぐ<rt>しの</rt></ruby>	動 忍耐
□ <ruby>役場<rt>やく ば</rt></ruby>	图 村公所	□ <ruby>接ぐ<rt>つ</rt></ruby>	動 繼承
		□ <ruby>剥ぐ<rt>は</rt></ruby>	動 剝、撕掉

[漢字讀法題常考動詞 ①]

□ <ruby>潤う<rt>うるお</rt></ruby> '10	動 滋潤、濕潤	□ <ruby>砕ける<rt>くだ</rt></ruby> '19	動 破碎
□ <ruby>襲う<rt>おそ</rt></ruby>	動 襲擊	□ <ruby>賭ける<rt>か</rt></ruby>	動 賭博、賭上
□ <ruby>庇う<rt>かば</rt></ruby>	動 保護	□ <ruby>促す<rt>うなが</rt></ruby> '20	動 催促
□ <ruby>慕う<rt>した</rt></ruby> '15	動 追隨、敬慕	□ <ruby>潤す<rt>うるお</rt></ruby> '17	動 弄濕
□ <ruby>漂う<rt>ただよ</rt></ruby> '14	動 在空中飄或水面漂	□ <ruby>侵す<rt>おか</rt></ruby>	動 侵犯
□ <ruby>繕う<rt>つくろ</rt></ruby>	動 修補	□ <ruby>覆す<rt>くつがえ</rt></ruby> '12	動 弄翻
□ <ruby>担う<rt>にな</rt></ruby>	動 挑起、肩負責任	□ <ruby>壊す<rt>こわ</rt></ruby> '10	動 毀壞
□ <ruby>賄う<rt>まかな</rt></ruby>	動 供應、供給	□ <ruby>託す<rt>たく</rt></ruby> '17	動 委託
□ <ruby>怯える<rt>おび</rt></ruby>	動 害怕	□ <ruby>施す<rt>ほどこ</rt></ruby>	動 施行
□ <ruby>栄える<rt>さか</rt></ruby>	動 繁榮	□ <ruby>催す<rt>もよお</rt></ruby>	動 舉辦
□ <ruby>蓄える<rt>たくわ</rt></ruby> '16	動 積蓄	□ <ruby>値する<rt>あたい</rt></ruby> '15	動 價錢相當於…、值得
□ <ruby>仕える<rt>つか</rt></ruby>	動 服侍	□ <ruby>踏襲する<rt>とうしゅう</rt></ruby> '12	動 沿襲
□ <ruby>唱える<rt>とな</rt></ruby> '15	動 唸誦	□ <ruby>帯びる<rt>お</rt></ruby>	動 佩帶
		□ <ruby>綻びる<rt>ほころ</rt></ruby>	動 脫線、綻放

☐ 顧^{かえり}みる	動 回頭		☐ 罵^{ののし}る	動 罵
☐ 滲^しみる	動 滲透		☐ 諮^{はか}る	動 商量
☐ 戒^{いまし}める '18	動 勸誡		☐ 耽^{ふけ}る	動 沉迷
☐ 極^{きわ}める '10	動 達到極限		☐ 葬^{ほうむ}る	動 埋葬
☐ 締^しめる '10	動 繫緊		☐ 蘇^{よみがえ}る '17	動 甦醒
☐ 揉^もめる	動 爭執		☐ 廃^{すた}れる '16	動 敗壞

[漢字讀法題常考動詞 ②]

			☐ 擦^すれる	動 摩擦
☐ 肥^こやす	動 使肥胖、使土地肥沃		☐ 捩^{ねじ}れる	動 扭
☐ 費^{つい}やす '12	動 耗費		☐ 逃^{のが}れる '11	動 逃走
☐ 凝^こらす	動 集中、使…凝固		☐ 腫^はれる	動 腫起來
☐ 逸^そらす	動 錯過		☐ 免^{まぬか}れる	動 避免
☐ 怠^{おこた}る '17'20	動 怠慢		☐ 挑^{いど}む	動 挑戰
☐ 偏^{かたよ}る '16	動 偏於		☐ 否^{いな}む '14	動 拒絕
☐ 遮^{さえぎ}る '11	動 遮擋		☐ 霞^{かす}む	動 朦朧
☐ 障^{さわ}る	動 妨害		☐ 拒^{こば}む '14	動 拒絕
☐ 奉^{たてまつ}る	動 奉獻		☐ 臨^{のぞ}む '14	動 面臨
☐ 辿^{たど}る	動 前進、探索		☐ 励^{はげ}む '15	動 勤奮努力
☐ 賜^{たまわ}る	動 蒙賜		☐ 阻^{はば}む '17	動 阻撓
☐ 募^{つの}る '18	動 越來越、徵求		☐ 緩^{ゆる}む	動 鬆懈、緩和
☐ 滞^{とどこお}る '18	動 阻塞			
☐ 詰^{なじ}る	動 責備		[漢字讀法題常考い・な形容詞]	
☐ 鈍^{にぶ}る '11	動 變鈍		☐ 淡^{あわ}い '15	い形 淡薄
☐ 練^ねる '10	動 熬製、推敲		☐ 潔^{いさぎよ}い '19	い形 清高
☐ 粘^{ねば}る '20	動 黏住、堅持		☐ 賢^{かしこ}い '16	い形 聰明
			☐ 心強^{こころづよ}い	い形 可靠而令人心安

文字・語彙

☑️ 把背不起來的單字勾起來，時時複習！

□ <ruby>快<rt>こころよ</rt></ruby> い	い形 愉快	□ <ruby>平<rt>ひら</rt></ruby> たい	い形 平坦的、淺顯易懂
□ <ruby>渋<rt>しぶ</rt></ruby> い	い形 澀、陰沉	□ <ruby>勇<rt>いさ</rt></ruby> ましい	い形 勇敢
□ <ruby>狡<rt>ずる</rt></ruby> い	い形 狡猾	□ <ruby>羨<rt>うらや</rt></ruby> ましい	い形 令人羨慕
□ <ruby>怠<rt>だる</rt></ruby> い	い形 倦怠	□ <ruby>好<rt>この</rt></ruby> ましい	い形 令人喜歡
□ <ruby>尊<rt>とうと</rt></ruby> い	い形 珍貴	□ <ruby>望<rt>のぞ</rt></ruby> ましい	い形 最好
□ <ruby>名高<rt>なだか</rt></ruby> い	い形 著名的	□ <ruby>崩<rt>くず</rt></ruby> れやすい 19	い形 容易崩潰、容易倒塌
□ <ruby>生臭<rt>なまぐさ</rt></ruby> い	い形 腥臭	□ <ruby>割<rt>わ</rt></ruby> れやすい	い形 容易分開、容易破裂
□ <ruby>儚<rt>はかな</rt></ruby> い	い形 無常、虚幻	□ <ruby>心地<rt>ここち</rt></ruby> よい 12	い形 愉快、舒適
□ <ruby>醜<rt>みにく</rt></ruby> い	い形 醜陋	□ <ruby>見目<rt>みめ</rt></ruby> よい	い形 容貌美麗
□ <ruby>脆<rt>もろ</rt></ruby> い	い形 脆弱	□ <ruby>厳<rt>おごそ</rt></ruby> かだ	な形 嚴肅
□ <ruby>著<rt>いちじる</rt></ruby> しい	い形 顯著	□ <ruby>愚<rt>おろ</rt></ruby> かだ 13	な形 愚蠢
□ <ruby>卑<rt>いや</rt></ruby> しい	い形 卑鄙、低賤	□ <ruby>疎<rt>おろそ</rt></ruby> かだ	な形 馬虎
□ <ruby>鬱陶<rt>うっとう</rt></ruby> しい	い形 鬱悶	□ <ruby>微<rt>かす</rt></ruby> かだ	な形 微弱、貧苦賤
□ <ruby>仰々<rt>ぎょうぎょう</rt></ruby> しい	い形 誇大其詞	□ <ruby>遥<rt>はる</rt></ruby> かだ	な形 遙遠
□ <ruby>険<rt>けわ</rt></ruby> しい	い形 險峻	□ <ruby>密<rt>ひそ</rt></ruby> かだ	な形 悄悄
□ <ruby>清々<rt>すがすが</rt></ruby> しい	い形 神輕氣爽	□ <ruby>粋<rt>いき</rt></ruby> だ	な形 瀟灑、漂亮
□ <ruby>騒々<rt>そうぞう</rt></ruby> しい	い形 嘈雜	□ <ruby>大柄<rt>おおがら</rt></ruby> だ	な形 魁梧、大個子
□ <ruby>逞<rt>たくま</rt></ruby> しい	い形 健壯	□ <ruby>月並<rt>つきなみ</rt></ruby> だ	な形 每月
□ <ruby>乏<rt>とぼ</rt></ruby> しい	い形 缺少	□ <ruby>手薄<rt>てうす</rt></ruby> だ 10	な形 人手不足
□ <ruby>馬鹿馬鹿<rt>ばかばか</rt></ruby> しい	い形 愚笨、不合理	□ <ruby>手軽<rt>てがる</rt></ruby> だ	い形 簡便
□ <ruby>華々<rt>はなばな</rt></ruby> しい 10	い形 華麗	□ <ruby>手頃<rt>てごろ</rt></ruby> だ	な形 適當
□ <ruby>久<rt>ひさ</rt></ruby> しい	い形 許久	□ <ruby>手近<rt>てぢか</rt></ruby> だ	な形 身旁
□ <ruby>相応<rt>ふさわ</rt></ruby> しい	い形 適合	□ <ruby>稀<rt>まれ</rt></ruby> だ	な形 稀少
□ <ruby>空<rt>むな</rt></ruby> しい	い形 空泛	□ <ruby>身近<rt>みぢか</rt></ruby> だ	な形 切身
□ <ruby>煙<rt>けむ</rt></ruby> たい	い形 嗆人	□ <ruby>欲深<rt>よくふか</rt></ruby> だ	な形 貪心不足

☐	<ruby>鮮<rt>あざ</rt></ruby>やかだ	な形 鮮明	☐	<ruby>解除<rt>かいじょ</rt></ruby> '18	名 解除
☐	<ruby>穏<rt>おだ</rt></ruby>やかだ	な形 平穏	☐	<ruby>会心<rt>かいしん</rt></ruby> '11	名 滿意
☐	<ruby>細<rt>こま</rt></ruby>やかだ	な形 濃厚、細緻	☐	<ruby>改訂版<rt>かいていばん</rt></ruby> '12	名 修訂版
☐	<ruby>淑<rt>しと</rt></ruby>やかだ	な形 安詳	☐	<ruby>稼動<rt>か どう</rt></ruby> '15	名 運轉、勞動
☐	<ruby>健<rt>すこ</rt></ruby>やかだ '14	な形 健康	☐	<ruby>完結<rt>かんけつ</rt></ruby> '10	名 結束
☐	<ruby>和<rt>なご</rt></ruby>やかだ	な形 穩健	☐	<ruby>気掛<rt>き が</rt></ruby>かり '19	名 掛念、擔心
☐	<ruby>華<rt>はな</rt></ruby>やかだ '16	な形 美麗	☐	<ruby>基盤<rt>き ばん</rt></ruby> '16	名 基礎
☐	<ruby>緩<rt>ゆる</rt></ruby>やかだ	な形 緩和	☐	<ruby>起伏<rt>き ふく</rt></ruby> '15	名 起伏
☐	<ruby>清<rt>きよ</rt></ruby>らかだ	な形 清澈、潔淨	☐	<ruby>給食<rt>きゅうしょく</rt></ruby>	名 供餐
☐	<ruby>滑<rt>なめ</rt></ruby>らかだ	な形 光滑	☐	<ruby>寄与<rt>き よ</rt></ruby> '12	名 奉獻

前後關係

[前後關係大題常考名詞①]

☐	<ruby>愛着<rt>あいちゃく</rt></ruby> '16	名 眷戀	☐	<ruby>起用<rt>き よう</rt></ruby> '18	名 起用
☐	<ruby>跡継<rt>あとつぎ</rt></ruby>	名 接班人	☐	<ruby>教訓<rt>きょうくん</rt></ruby> '16	名 教訓
☐	<ruby>育成<rt>いくせい</rt></ruby>	名 培育	☐	<ruby>強制<rt>きょうせい</rt></ruby> '15	名 強迫
☐	<ruby>異色<rt>い しょく</rt></ruby> '14	名 獨特、不同的顏色	☐	<ruby>行政<rt>ぎょうせい</rt></ruby>	名 行政
☐	<ruby>一任<rt>いちにん</rt></ruby> '13	名 完全委任	☐	<ruby>禁物<rt>きんもつ</rt></ruby> '19	名 禁忌
☐	<ruby>一環<rt>いっかん</rt></ruby> '17	名 一環	☐	<ruby>経費<rt>けい ひ</rt></ruby>	名 經費
☐	<ruby>逸材<rt>いつざい</rt></ruby> '11	名 卓越人材	☐	<ruby>経歴<rt>けいれき</rt></ruby> '17	名 經歷
☐	<ruby>逸脱<rt>いつだつ</rt></ruby> '17	名 脱離	☐	<ruby>結束<rt>けっそく</rt></ruby> '10	名 同心協力
☐	<ruby>意欲<rt>い よく</rt></ruby>	名 意志、熱情	☐	<ruby>言及<rt>げんきゅう</rt></ruby> '18	名 說到
☐	<ruby>印鑑<rt>いんかん</rt></ruby>	名 印章	☐	<ruby>合意<rt>ごう い</rt></ruby> '15	名 意見一致
☐	<ruby>腕前<rt>うでまえ</rt></ruby> '13	名 本事	☐	<ruby>再建<rt>さいけん</rt></ruby>	名 重建
☐	<ruby>大筋<rt>おおすじ</rt></ruby> '12	名 大綱	☐	<ruby>在庫<rt>ざい こ</rt></ruby> '18	名 庫存
			☐	<ruby>財政<rt>ざいせい</rt></ruby>	名 財政

☑ 把背不起來的單字勾起來，時時複習！

[前後關係大題常考名詞②]

☐ さがく **差額**	图 差額	
☐ ざんだか **残高**	图 餘額	
☐ しじ **支持**	图 支持	
☐ ししょう **支障** '14	图 障礙	
☐ じつじょう **実情** '11	图 實情	
☐ しゃだん **遮断** '18	图 隔斷	
☐ じゅうじ **従事** '19	图 從事	
☐ しゅうふく **修復** '11	图 修復	
☐ すいい **推移** '19	图 變遷	
☐ たいせい **態勢**	图 準備	
☐ だきょう **妥協** '12	图 妥協	
☐ だしん **打診** '17	图 探詢	
☐ ちゅうせん **抽選**	图 抽籤	
☐ ちんもく **沈黙**	图 沉默	
☐ つよ **強み** '11	图 長處	
☐ てじゅん **手順**	图 程序	
☐ てっきょ **撤去** '20	图 拆除	
☐ とうにゅう **投入**	图 投入	
☐ に **荷** '13	图 負擔	
☐ ねんがん **念願** '10'17	图 心願	
☐ ねんとう **念頭** '13	图 心頭	
☐ はいけい **背景** '10	图 背景	
☐ ばっすい **抜粋** '11	图 摘錄	
☐ ひ **非** '17	图 過錯	

☐ ひとで **人出** '12	图 外出的人群
☐ ひょうめい **表明** '19	图 表明
☐ ふび **不備** '11	图 不完備
☐ へいこう **並行** '11	图 並行
☐ ぼうか **防火**	图 防火
☐ ほんね **本音** '10	图 真心話
☐ みかく **味覚**	图 味覺
☐ めつぼう **滅亡**	图 滅亡
☐ めんかい **面会**	图 探望
☐ よだん **予断** '14	图 預測
☐ りゅうしゅつ **流出** '16	图 外流

[前後關係大題常考片假名詞彙①]

☐ **アクセル**	图 油門
☐ **アルコール**	图 酒精
☐ **アンケート**	图 問卷
☐ **インターフォン**	图 內部電話、對講機
☐ **ウエイト** '14	图 重量
☐ **オリエンテーション**	图 新人教育訓練
☐ **オンライン**	图 線上
☐ **カット**	图 剪斷
☐ **カルテ**	图 病歷
☐ **カンニング**	图 作弊
☐ **キャッチ**	图 接球
☐ **キャリア** '10	图 職涯、生涯

□ クイズ	图題目	**[前後關係大題常考片假名詞彙②]**	
□ コメント	图評語、留言	□ データ	图資料數據
□ コンパス	图圓規	□ デザイン	图設計
□ シェア '17	图共享	□ ニュアンス '11	图語感
□ システム	图系統	□ ノウハウ '16	图技術、門道
□ シックだ	图有品味	□ ノルマ '14	图目標額
□ ジャンプ	图跳躍	□ ハードル '12	图門檻
□ ジャンル	图類型	□ パジャマ	图睡衣
□ ショー	图表演、秀	□ バッジ	图小徽章
□ ストック '11	图存貨、庫存量	□ ハンガー	图衣架
□ ストライキ	图罷工	□ パンク	图爆胎
□ ストレス	图壓力	□ ビジネス	图商務、生意
□ セレモニー	图典禮	□ ファイル	图檔案
□ センサー '19	图感測器	□ ファン	图粉絲
□ センス '16	图品味、格局	□ フィルター	图濾網
□ タイトル	图標題	□ ブザー	图警報器
□ タイマー	图計時器	□ フロント	图櫃台
□ タイミング	图時機	□ ベース	图基底
□ タイム	图時間	□ ベストセラー	图暢銷
□ タイムリーだ	な形即時	□ ホール	图會館
□ ダウン	图下滑	□ ポジション	图崗位
□ チームワーク	图團隊合作	□ マーク	图記號、標章
□ チャイム	图門鈴	□ マッサージ	图按摩
		□ メーカー	图製造廠商
		□ メッセージ	图訊息

文字・語彙

☑️ 把背不起來的單字勾起來，時時複習！

☐ メディア'15	名 媒體	☐ 駆けつける'18	動 跑到、趕到
☐ メロディー	名 旋律	☐ 可決する'14	動 提案通過
☐ ラベル	名 標籤	☐ 加工する'12	動 加工
☐ リスク'18	名 風險	☐ 究明する'12	動 追究明白
☐ リストアップ'12	名 列表	☐ 切り出す'16	動 開口說出
☐ レイアウト'18	名 版面設計	☐ 食い止める'14	動 擋住
☐ レッスン	名 課程	☐ 駆使する'14	動 驅使、運用自如
☐ レンジ	名 微波爐	☐ 捧げる	動 獻給、獻上
☐ レントゲン	名 X光	☐ 悟る	動 領悟、覺悟
☐ ロープウェイ	名 纜車	☐ 障る'13	動 妨害
☐ ロマンチックだ	な形 浪漫的	☐ 沈める	動 沉入

[前後關係大題常考動詞①]

☐ 荒らす	動 使...荒廢、糟蹋	☐ 染みる'16	動 滲入、銘刻於心
☐ 言い張る'12	動 固執己見	☐ 染まる	動 染上、沾染
☐ 傷める	動 弄傷	☐ 絶える	動 斷絕
☐ 一掃する'16	動 掃淨	☐ たたえる'17	動 歌頌
☐ 営む	動 經營	☐ 立ち寄る	動 順便到
☐ 受け継ぐ	動 承襲	☐ 脱する	動 脫離
☐ 受け止める	動 接受	☐ 立て替える'13	動 墊付
☐ 埋まる	動 掩埋	☐ たどる'14	動 尋求、探索
☐ 追い込む	動 逼入	☐ ためらう'13	動 猶豫不決
☐ 及ぼす'10	動 受到、帶來	☐ 直面する'15	動 面臨、面對
☐ 該当する'15	動 符合		
☐ 書き取る	動 記下、寫下		

[前後關係大題常考動詞②]

☐ 尽くす '16	動 盡力	
☐ 遠ざかる	動 遠離、走遠	
☐ とぎれる	動 中斷	
☐ 整える	動 備齊	
☐ 取り組む	動 進行、交手	
☐ 取り調べる	動 審問、調查	
☐ 取り除く	動 去除	
☐ 取り戻す '15	動 取回	
☐ なだめる '18	動 緩和、撫慰	
☐ にじむ '19	動 滲出	
☐ 担う '13	動 承擔	
☐ 練る '13	動 熬製、推敲	
☐ 飲み込む	動 吞下	
☐ 化ける	動 化身	
☐ 弾く '17	動 不沾、彈出	
☐ 弾む '11	動 興致高漲	
☐ フォローする '10	動 跟隨、追蹤	
☐ 振り返る	動 回顧	
☐ 報じる '10	動 報導	
☐ 任す	動 委託	
☐ 紛れる '15	動 混入	
☐ 見かける '16	動 目擊	
☐ 満たす	動 填滿	
☐ 乱れる	動 紊亂	

☐ 見逃す	動 錯過、漏看
☐ 面する	動 面向
☐ 申し出る	動 提出
☐ 催す '12	動 舉辦
☐ 和らぐ '12	動 緩和
☐ 揺らぐ '14	動 搖擺
☐ 要する	動 需要
☐ 避ける	動 躲避
☐ 読み上げる	動 朗讀
☐ 蘇る '17	動 甦醒
☐ 寄り掛かる	動 依靠

[前後關係大題常考い・な形容詞①]

☐ 荒っぽい	い形 粗暴
☐ おびただしい '14	い形 很多
☐ くすぐったい	い形 發癢
☐ ここちよい '19	い形 舒適
☐ 心細い '14	い形 不安
☐ すさまじい '15	い形 驚人
☐ 悩ましい	い形 苦惱
☐ 眠たい	い形 睏倦
☐ 幅広い '15	い形 廣泛
☐ 紛らわしい '12	い形 容易混淆的
☐ あべこべだ	な形 相反
☐ 空ろだ	な形 空洞

文字・語彙

☑️ 把背不起來的單字勾起來，時時複習！

☐ えんかつ 円滑だ [10 '20]	な形 圓滑	☐ た かくてき 多角的だ [18]	な形 多方面
☐ おおまかだ	な形 粗略	☐ た ぼう 多忙だ	な形 忙碌
☐ おおらかだ [15]	な形 大方	☐ ち てき 知的だ	な形 知性
☐ がん こ 頑固だ	な形 頑固	☐ つぶらだ	な形 渾圓
☐ かんぺき 完璧だ	な形 完美	☐ どうとう 同等だ	な形 同等
☐ き がる 気軽だ	な形 輕鬆愉快	☐ とくゆう 特有だ	な形 特有
☐ きょうこう 強硬だ [13]	な形 強硬	☐ どんかん 鈍感だ	な形 感覺遲鈍
☐ けんじつ 堅実だ [18]	な形 踏實	☐ ひんじゃく 貧弱だ	な形 欠缺
☐ げんみつ 厳密だ	な形 細密周到	☐ ひんぱん 頻繁だ [16]	な形 頻繁
☐ けんめい 賢明だ	な形 英明	☐ びんぼう 貧乏だ	な形 貧困
☐ こ どく 孤独だ	な形 孤獨	☐ ふ じゅん 不順だ	な形 不順
☐ こ ゆう 固有だ	な形 固有	☐ ふ ちょう 不調だ	な形 不順利
☐ コンスタントだ [17]	な形 常態	☐ ふ めい 不明だ	な形 不明
☐ さっきゅう そうきゅう 早急だ / 早急だ	な形 緊急	☐ ふ りょう 不良だ	な形 不良
☐ しんせい 神聖だ	な形 神聖	☐ へとへとだ [16]	な形 筋疲力盡
☐ せいじょう 正常だ	な形 正常	☐ まちまちだ [17]	な形 形形色色
☐ せいだい 盛大だ [18]	な形 盛大	☐ む い み 無意味だ	な形 沒有意義
☐ せいてき 静的だ	な形 靜態的	☐ む こう 無効だ	な形 無效
☐ せいりょくてき 精力的だ [19]	な形 精力充沛	☐ む じゃ き 無邪気だ	な形 天真無邪
☐ ぜつだい 絶大だ [14]	な形 莫大	☐ む ち 無知だ	な形 無知
		☐ む ちゃ 無茶だ	な形 離譜

[前後關係大題常考い・な形容詞②]

☐ ぜんりょう 善良だ	な形 善良	☐ む ぼう 無謀だ [11]	な形 魯莽
☐ そうだい 壮大だ [19 '20]	な形 宏大	☐ む よう 無用だ	な形 沒有必要
☐ たいとう 対等だ	な形 對等	☐ めんみつ 綿密だ [10]	な形 綿密
		☐ ゆうえき 有益だ	な形 有益

文字・語彙

□ **有望だ** ゆうぼう	な形 有希望
□ **有力だ** ゆうりょく	な形 有力
□ **良好だ** りょうこう	な形 良好
□ **良質だ** りょうしつ	な形 優質

[前後關係大題常考副詞①]

□ ありのまま	副 據實
□ **幾多** いくた	副 無數
□ いとも '17	副 非常、十分
□ うずうず '20	副 忍不住
□ うんざり	副 厭煩
□ **大方** おおかた	副 大致
□ がっくり	副 垂頭喪氣
□ がっしり	副 健壯
□ がっちり	副 牢固
□ がらりと '18	副 顛覆性的改變
□ きちっと	副 規規矩矩
□ きっかり	副 正好
□ きっちり	副 緊緊地
□ きっぱり	副 斷然、乾脆
□ **急遽** きゅうきょ '12	副 急忙
□ くっきり	副 清楚
□ ぐっと	副 使勁
□ くよくよ '15	副 愁眉不展
□ げっそり	副 急劇消瘦

□ **公然** こうぜん	副 公然
□ さっと	副 迅速
□ しいて '15	副 勉強
□ じっくり	副 仔細地
□ じめじめ '13	副 潮濕
□ ずっしり '19	副 沉甸甸
□ ずらっと	副 排成一排
□ ずるずる	副 拖拉著
□ すんなり '16	副 容易
□ **整然と** せいぜん	副 整整齊齊
□ せかせか '18	副 慌慌張張
□ そわそわ '13	副 坐立不安
□ **大概** たいがい	副 多半

[前後關係大題常考副詞①]

□ だぶだぶ	副 寬大
□ **断然** だんぜん	副 絕對
□ ちやほや	副 阿諛奉承
□ ちらっと	副 瞥見
□ つくづく	副 深刻的
□ てきぱき '14	副 俐落
□ てっきり	副 準是
□ **堂々** どうどう	副 光明磊落
□ とりわけ '13	副 格外
□ **長々** ながなが	副 冗長

☑️ 把背不起來的單字勾起來，時時複習！

☐ なにより	副 比什麼都	☐ 超満員 ちょうまんいん	名 擁擠不堪
☐ 日夜 にちや	副 晝夜	☐ 当病院 とうびょういん	名 本醫院
☐ はらはら	副 捏把冷汗	☐ 当ホテル[10] とう	名 本飯店
☐ ひしひしと[19]	副 深深地	☐ 被選挙権 ひせんきょけん	名 被選舉權
☐ びっしょり	副 濕透	☐ 猛反対[11] もうはんたい	名 強烈反對
☐ ひょっとして	副 萬一	☐ 猛練習 もうれんしゅう	名 大量訓練
☐ ぶかぶか	副 衣物寬鬆	☐ 温泉街 おんせんがい	名 溫泉街
☐ ふらふら	副 無目的	☐ 住宅街 じゅうたくがい	名 住宅區
☐ ぶらぶら	副 閒逛	☐ 三人掛け さんにんがけ	名 三人座
☐ ぺこぺこ	副 肚子餓	☐ 価値観 かちかん	名 價值觀
☐ ほっと	副 鬆一口氣	☐ 職業観 しょくぎょうかん	名 職業觀
☐ ぼつぼつ	副 佈滿小點的樣子	☐ 外資系 がいしけい	名 外資企業
☐ まことに	副 實在	☐ 生態系 せいたいけい	名 生態系
☐ まさしく	副 的確	☐ 英語圏 えいごけん	名 英語圈
☐ みっしり[20]	副 緊密地	☐ 首都圏 しゅとけん	名 首都圈
☐ 無性に[13] むしょうに	副 非常	☐ 依存症 いぞんしょう	名 依存症
☐ 無論 むろん	副 當然	☐ 恐怖症 きょうふしょう	名 恐懼症
☐ もしかして	副 該不會是	☐ 許可証 きょかしょう	名 許可證
☐ もっぱら[17]	副 淨是	☐ 保険証 ほけんしょう	名 保險證
☐ やんわり[10]	副 委婉	☐ 経験上 けいけんじょう	名 根據經驗
☐ 歴然と[19] れきぜんと	副 昭然若揭	☐ 歴史上[10] れきしじょう	名 歷史上

[前後關係大題常考派生詞]

		☐ 定額制 ていがくせい	名 定額制
☐ 片手間 かたてま	名 空檔	☐ 価格帯 かかくたい	名 價格範圍
☐ 超高速 ちょうこうそく	名 超高速度	☐ 時間帯 じかんたい	名 時段
		☐ 実力派 じつりょくは	名 實力派

□ 少数派 しょうすうは	图少數派		裏づけ[13]	图證據
□ 日増し ひまし	图日益增加	□	証拠 しょうこ[13]	图證據
□ 汗まみれ あせ	图汗涔涔		エキスパート[20]	图行家
□ ほこりまみれ[11]	图滿是灰塵	□	専門家 せんもんか[20]	图專家
□ 現実味 げんじつみ	图現實感	□	格差 かくさ	图差別
□ 真実味 しんじつみ	图充滿真實感		ずれ	图不吻合
□ 情報網 じょうほうもう	图情報網	□	気掛かり きがかり[14]	图擔心、掛念、不放心
			心配 しんぱい[14]	图擔心

近義關係

[近義關係大題常考名詞]

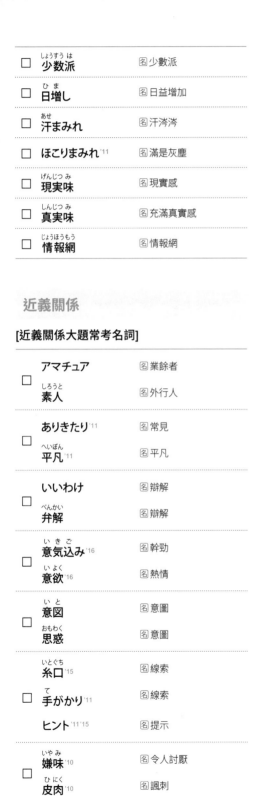

	アマチュア	图業餘者
□	素人 しろうと	图外行人
	ありきたり[11]	图常見
□	平凡 へいぼん[11]	图平凡
	いいわけ	图辯解
□	弁解 べんかい	图辯解
	意気込み いきごみ[16]	图幹勁
□	意欲 いよく[16]	图熱情
	意図 いと	图意圖
□	思惑 おもわく	图意圖
	糸口 いとぐち[15]	图線索
□	手がかり て[11]	图線索
	ヒント[11][15]	图提示
	嫌味 いやみ[10]	图令人討厭
□	皮肉 ひにく[10]	图諷刺

□	クレーム[15]	图索賠、客訴
	苦情 くじょう[15]	图不平、抱怨
□	コントラスト[11]	图對比
	対比 たいひ[11]	图對照
□	細菌 さいきん	图細菌
	ウイルス	图病毒
□	雑踏 ざっとう[13]	图人山人海
	人込み ひとごみ[13]	图人山人海
□	しきたり	图慣例
	風習 ふうしゅう	图風俗習慣
□	自尊心 じそんしん[16]	图自尊心
	プライド[16]	图自尊心
□	助言 じょげん[15]	图建言
	アドバイス[15]	图建議
□	ショック	图衝擊
	衝撃 しょうげき	图精神上的打擊

文字・語彙

☑ 把背不起來的單字勾起來，時時複習！

☐	スケール^{'12} きぼ 規模^{'12}	名規模程度 名規模
☐	スペース あ 空き	名空間 名空隙
☐	せんぽう 先方^{'12} あいて 相手^{'12}	名對方、前方 名對方
☐	ソース でどころ 出所	名來源 名出處
☐	つかの間^{'18} みじか あいだ 短い間^{'18}	名一瞬間 名很短的時間內
☐	てだ 手立て^{'18} ほうほう 方法^{'18}	名方式 名方法
☐	ねんがん 念願 あこが 憧れ	名心願 名憧憬
☐	バックアップ^{'13} しえん 支援^{'13}	名支援 名支持
☐	ほうふ 抱負^{'17} けつい 決意^{'17}	名抱負 名決心
☐	みゃくらく 脈絡^{'19} つながり^{'19}	名脈絡 名關聯
☐	めいめい^{'18} ひとり ひとり 一人一人^{'18}	名各自 名每一個人
☐	メカニズム^{'13} しく 仕組み^{'13}	名機械裝置 名結構

☐	めど みとお 見通し	名目標 名預測、預料
☐	ゆとり^{'17} よゆう 余裕^{'17}	名餘裕 名餘裕、從容

[近義關係大題常考動詞]

☐	あきらめる^{'12} だんねん 断念する^{'12}	動放棄 動放棄
☐	ありふれる^{'15} へいぼん 平凡だ^{'15}	動常見 動平凡
☐	あん 案じる きぐ 危惧する	動擔心 動畏懼
☐	あんど 安堵する^{'16} ほっとする^{'16}	動放心 動放心
☐	う き 打ち切る ちゅうだん 中断する	動停止 動中斷
☐	う こ 打ち込む^{'19} ねっちゅう 熱中する^{'19}	動熱衷 動熱衷
☐	うろたえる^{'15} あわ 慌てる^{'15}	動驚慌失措 動慌張
☐	うわまわ 上回る オーバーする	動超出 動超過
☐	お き 押し切る きょうこう 強行する	動堅持到底 動強行

	おびえる'16	動 害怕
☐	こわ 怖がる'16	動 害怕

	わ お詫びする'16	動 道歉
☐	あやま 謝る'16	動 道歉

	ぎょうし 凝視する'20	動 凝視
☐	み じっと見る'20	動 注視

	かいそう 回想する'14	動 回想
☐	おも かえ 思い返す'14	動 重新考慮

	ぎんみ 吟味する'19	動 觀察
☐	けんとう 検討する'19	動 討論

	こちょう 誇張する'15	動 誇張
☐	おお 大げさだ'15	動 誇大

	さしかかる	動 來到
☐	とうたつ 到達する	動 到達

	さっかく 錯覚する'15	動 錯覺
☐	かんちが 勘違いする'15	動 弄錯

	し あ 仕上がる'15	動 完成
☐	かんせい 完成する'15	動 完成

	しくじる'18	動 失敗
☐	しっぱい 失敗する'18	動 失敗

	しょうかい 照会する'17	動 詢問
☐	と あ 問い合わせる'17	動 打聽

	せかす'13	動 催促
☐	いそ 急がせる'13	動 催促

	てっかい 撤回する'17	動 撤回
☐	と け 取り消す'17	動 取消

	て わ 手分けする'14	動 分工
☐	ぶんたん 分担する'14	動 分擔

	とがめる	動 責備
☐	ついきゅう 追及する	動 盤問

	とまどう'16	動 不知所措
☐	こま 困る'16	動 為難

	なじむ'10	動 熟識
☐	な 慣れる'10	動 習慣

	ぬ だ 抜け出す	動 脫身
☐	だっ 脱する	動 脫離

	ばらまく	動 散播、散財
☐	はい ふ 配布する	動 散發

	は あ 張り合う'10'17	動 競爭
☐	きょうそう 競争する'10	動 競爭
	きそ あ 競い合う'17	動 競爭

	べんかい 弁解する'15	動 辯解
☐	い わけ 言い訳する'15	動 辯解

	ぼうがい 妨害する'18	動 妨礙
☐	じゃ ま 邪魔する'18	動 妨礙

	まっとうする'19	動 完成
☐	かんりょう 完了する'19	動 完結

	み あ 見合わせる'10	動 暫停中止
☐	ちゅうし 中止する'10	動 中途停止

🔊 074 必考單字文法記憶手冊_12日.mp3

☑ 把背不起來的單字勾起來，時時複習！

もくろむ'11	動 計畫
計画する'11	動 計畫

落胆する'11	動 灰心
がっかりする'11	動 灰心喪氣

[近義關係大題常考い・な形容詞]

あさましい	い形 卑鄙、悲慘
見苦しい	い形 骯髒

おっかない	い形 可怕的
凄まじい	い形 可怕

すがすがしい'12	い形 清爽
さわやかだ'12	な形 清爽

すばしこい	い形 行動敏捷
機敏だ	な形 機敏

そっけない	い形 冷淡
ドライだ	な形 冷面無情、乾燥

情け深い	い形 仁慈
寛大だ	な形 寬大

粘り強い'17	い形 強韌、堅忍不拔
あきらめない'17	不死心

珍しい'19	い形 珍奇
異例だ'19	な形 破格

あやふやだ	な形 含糊
不明瞭だ	な形 不明瞭

エレガントだ'18	な形 優雅
上品だ'18	な形 文雅、高尚

おっくうだ'12	な形 嫌麻煩
厄介だ'14	な形 麻煩
煩わしい'10'16	い形 麻煩
面倒だ'10'12'14'16	な形 厭煩

格段だ'14	な形 特殊
大幅だ'14	な形 大幅度

かたくなだ'17	な形 頑固
頑固だ'17	な形 頑固

画期的だ'11	な形 劃時代的
今までにない新しい'11	前所未見

簡素だ'12	な形 簡單
シンプルだ'12	な形 樸素、簡單

几帳面だ	な形 規規矩矩
誠実だ	な形 誠實

些細な'16	な形 細小不足道
小さな'16	な形 小的

シビアだ'11	な形 嚴厲
厳しい'11	い形 嚴格

ストレートだ'14	な形 直
率直だ'14	な形 坦率

ぞんざいだ	な形 草率
粗末だ	な形 簡陋

| ☐ | <ruby>端的<rt>たんてき</rt></ruby>だ^{'16} | な形 明顯的 |
| | <ruby>明白<rt>めいはく</rt></ruby>だ^{'16} | な形 明白 |

| ☐ | <ruby>丹念<rt>たんねん</rt></ruby>だ^{'10} | な形 精心 |
| | じっくりと^{'10} | 副 沉著 |

| ☐ | ひそかだ^{'12} | な形 祕密 |
| | こっそり^{'12} | 副 悄悄地 |

☐	<ruby>敏感<rt>びんかん</rt></ruby>だ	な形 敏感
	<ruby>神経質<rt>しんけいしつ</rt></ruby>だ	な形 神經質
	センシティブだ	な形 敏感

| ☐ | ふいだ^{'15} | な形 意外 |
| | <ruby>突然<rt>とつぜん</rt></ruby>^{'15} | 副 突然 |

| ☐ | <ruby>不審<rt>ふしん</rt></ruby>だ^{'19} | な形 可疑 |
| | <ruby>怪<rt>あや</rt></ruby>しい^{'19} | い形 奇怪 |

| ☐ | <ruby>不用意<rt>ふようい</rt></ruby>だ^{'14} | な形 沒準備 |
| | <ruby>不注意<rt>ふちゅうい</rt></ruby>だ^{'14} | な形 不注意 |

| ☐ | まばらだ^{'10} | な形 稀疏 |
| | <ruby>少<rt>すく</rt></ruby>ない^{'10} | い形 少 |

| ☐ | ルーズだ^{'10'19} | な形 鬆懈 |
| | だらしない^{'10'19} | い形 馬虎不檢點 |

[近義關係大題常考副詞]

| ☐ | <ruby>敢<rt>あ</rt></ruby>えて | 副 敢於 |
| | <ruby>強<rt>し</rt></ruby>いて | 副 勉強 |

| ☐ | あっさり | 副 爽快 |
| | <ruby>難<rt>なん</rt></ruby>なく | 副 容易 |

| ☐ | <ruby>予<rt>あらかじ</rt></ruby>め^{'13} | 副 事先 |
| | <ruby>事前<rt>じぜん</rt></ruby>に^{'13} | 副 事前 |

| ☐ | ありありと^{'18} | 副 清清楚楚 |
| | はっきり^{'18} | 副 清楚 |

| ☐ | <ruby>案<rt>あん</rt></ruby>の<ruby>定<rt>じょう</rt></ruby>^{'14} | 副 果然 |
| | やはり^{'14} | 副 果然 |

| ☐ | いいかげん | 副 適當 |
| | <ruby>相当<rt>そうとう</rt></ruby> | 副 頗 |

| ☐ | いたって^{'14} | 副 非常 |
| | <ruby>非常<rt>ひじょう</rt></ruby>に^{'14} | 副 非常 |

| ☐ | <ruby>未<rt>いま</rt></ruby>だ | 副 尚未 |
| | <ruby>相<rt>あい</rt></ruby>も<ruby>変<rt>か</rt></ruby>わらず | 副 照舊 |

| ☐ | うすうす^{'17} | 副 模模糊糊 |
| | なんとなく^{'17} | 副 總覺得 |

| ☐ | おおむね^{'13} | 副 大概 |
| | だいたい^{'13} | 副 大體上 |

| ☐ | <ruby>自<rt>おの</rt></ruby>ずから | 副 自然地 |
| | <ruby>独<rt>ひと</rt></ruby>りでに | 副 自動地 |

| ☐ | <ruby>自<rt>おの</rt></ruby>ずと^{'12} | 副 自然而然地 |
| | <ruby>自然<rt>しぜん</rt></ruby>に^{'12} | 副 自然而然地 |

| ☐ | かねがね^{'16'20} | 副 很久以前 |
| | <ruby>以前<rt>いぜん</rt></ruby>から^{'16'20} | 副 自以前起 |

| ☐ | かろうじて^{'16} | 副 好不容易才 |
| | <ruby>何<rt>なん</rt></ruby>とか^{'16} | 副 湊合 |

☑ 把背不起來的單字勾起來，時時複習！

	きょくりょく 極力 ′11 ′19	副 極力
☐	できる限り ′11	副 盡量
	できるだけ ′19	副 盡量

	きわ 極めて	副 極度
☐	この上なく	副 最高地

	ことごとく ′13	副 所有
☐	すべて ′13	副 一切

	こと 殊に	副 特別
☐	ひときわ 一際	副 格外
	かくべつ 格別	副 特別

	しきりに ′12	副 頻頻
☐	なんど 何度も ′12	副 多次
	しょっちゅう	副 經常

	じゃっかん 若干 ′17	副 若干
☐	わずかに ′17	副 僅僅

	そくざ 即座に	副 立即
☐	またたく間に	副 轉瞬間

	つと 努めて	副 盡力
☐	けんめい 懸命に	副 拼命地

	つぶさに ′19	副 詳細地
☐	しょうさい 詳細に ′19	副 詳細地

	とうめん 当面 ′12 ′20	副 當前
☐	しばらく ′12 ′20	副 一會兒

	とつじょ 突如	副 突然
☐	ふい 不意に	副 意外

	ばくぜん 漠然と	副 含糊
☐	ぼんやり	副 模模糊糊

	ひたすら	副 只顧
☐	むしん 無心で	副 天真

	まして	副 何況
☐	とうぜん 当然	副 當然

	まるまる 丸々	副 全部
☐	そっくりそのまま	副 一模一樣

	やたら	副 胡亂
☐	むやみ 無闇に	副 胡亂

	れきぜん 歴然と ′11	副 明顯地
☐	はっきり ′11	副 清楚

[近義關係大題常考慣用語]

	いがい 意外につまらない ′11	沒想到這麼無趣
☐	あっけない ′11	い形 沒勁

	いちど おおぜいく 一度に大勢来る ′15	一下子來了非常多人
☐	さっとう 殺到する ′15	蜂擁而至

	いれい 異例の ′19	破例的
☐	めずら 珍しい ′19	い形 新奇、罕見

	うす き 薄く切る ′18	切成薄片
☐	スライスする ′18	切片

	うれ し 嬉しい知らせ ′10	好消息
☐	ろうほう 朗報 ′10	名 朗報、喜訊

□ お手上げだ^{'14}　束手無策
　　どうしようもない^{'14}　毫無辦法

□ 詳しく丁寧に^{'18}　細心又仔細
　　克明に^{'18}　認真仔細

□ 故意に^{'16}　故意
　　わざと^{'16}　圖故意
　　わざわざ　圖特意

□ 小型の^{'19}　小型的
　　コンパクトな^{'19}　な形小型的、精巧的

□ 細かく丁寧に^{'17}　仔細入微
　　入念に^{'17}　細心、謹慎

□ これまで^{'13}　到現在為止
　　従来^{'13}　图過去

□ 刺激を受ける^{'12}　受到刺激
　　触発される^{'12}　被觸發

□ 順調に進む^{'10}　順利地進行
　　はかどる^{'10}　圖進展順利

□ すべがない^{'13}　無計可施
　　方法がない^{'13}　毫無辦法

□ 大体同じだ^{'15}　大致上相同
　　互角だ^{'15}　な形勢均力敵

□ 小さな声で言う^{'19}　小聲說
　　つぶやく^{'19}　圖呢喃細語

□ できるだけはやく^{'18}　盡快
　　すみやかに^{'18}　迅速

□ とても驚く^{'13}　非常驚人
　　仰天する^{'13}　大吃一驚

□ どんよりした天気^{'10}　灰濛濛的天氣
　　曇っていて暗い^{'10}　天氣昏暗

□ なかなかしようとしない^{'18}　不願意去做
　　しぶっている^{'18}　不情願

□ にわかには^{'11}　馬上
　　すぐには^{'11}　立即

□ 熱心に取り組む^{'14}　積極動手
　　打ち込む^{'14}　圖埋頭

□ 漠然としている^{'18}　模糊不清
　　ぼんやりしている^{'18}　矇矇朧朧

□ ばててしまう^{'19}　精疲力竭
　　疲れてしまう^{'19}　疲勞

□ 不安なところ^{'17}　令人憂心之處
　　難点^{'17}　困難之處

□ 便利で役に立っている^{'11}　方便好用
　　重宝している^{'11}　當作貴重的寶物

□ ほかと比べてとくにいい^{'13}　比其它的都要好
　　抜群だ^{'13}　な形超群

□ ぼやいている^{'20}　小小聲地發牢騷
　　愚痴を言っている^{'20}　發牢騷

☑ 把背不起來的單字勾起來，時時複習！

☐	むっとする^{'17}	生悶氣
	<ruby>怒<rt>おこ</rt></ruby>ったようだ^{'17}	好像生氣了
☐	<ruby>無償<rt>むしょう</rt></ruby>で^{'14}	無償
	ただで^{'14}	免費
☐	やむを<ruby>得<rt>え</rt></ruby>ず^{'10}	不得已
	<ruby>仕方<rt>しかた</rt></ruby>なく^{'10}	沒辦法
☐	<ruby>悪<rt>わる</rt></ruby>く<ruby>言<rt>い</rt></ruby>われる^{'12}	被批評
	けなされる^{'12}	遭人貶低

用法

[用法大題常考名詞①]

☐	<ruby>安静<rt>あんせい</rt></ruby>^{'15}	图 安靜
☐	<ruby>意地<rt>いじ</rt></ruby>^{'10}	图 固執
☐	<ruby>一変<rt>いっぺん</rt></ruby>	图 完全改變
☐	<ruby>内訳<rt>うちわけ</rt></ruby>^{'16}	图 明細
☐	<ruby>解明<rt>かいめい</rt></ruby>^{'19}	图 弄清楚
☐	<ruby>拡散<rt>かくさん</rt></ruby>	图 擴散
☐	<ruby>合致<rt>がっち</rt></ruby>^{'13}	图 符合
☐	<ruby>加味<rt>かみ</rt></ruby>^{'13}	图 加進
☐	<ruby>還元<rt>かんげん</rt></ruby>^{'16}	图 回饋
☐	<ruby>慣行<rt>かんこう</rt></ruby>	图 慣例
☐	<ruby>貫禄<rt>かんろく</rt></ruby>	图 威信
☐	<ruby>規制<rt>きせい</rt></ruby>^{'16}	图 限制
☐	<ruby>基調<rt>きちょう</rt></ruby>^{'18}	图 基調
☐	<ruby>軌道<rt>きどう</rt></ruby>^{'15}	图 軌道

☐	<ruby>逆転<rt>ぎゃくてん</rt></ruby>	图 倒轉
☐	<ruby>拠点<rt>きょてん</rt></ruby>^{'17}	图 據點
☐	<ruby>口出<rt>くちだ</rt></ruby>し^{'13}	图 多嘴、插嘴
☐	<ruby>工面<rt>くめん</rt></ruby>^{'14}	图 籌措
☐	<ruby>経緯<rt>けいい</rt></ruby>^{'16'20}	图 原委
☐	<ruby>気配<rt>けはい</rt></ruby>^{'13}	图 跡象
☐	<ruby>交錯<rt>こうさく</rt></ruby>^{'18}	图 交錯
☐	<ruby>互角<rt>ごかく</rt></ruby>^{'19}	图 勢均力敵
☐	<ruby>心当<rt>こころあ</rt></ruby>たり^{'18}	图 頭緒
☐	<ruby>心構<rt>こころがま</rt></ruby>え^{'14}	图 心態建設
☐	こつ	图 竅門
☐	<ruby>災害<rt>さいがい</rt></ruby>	图 災害
☐	<ruby>作動<rt>さどう</rt></ruby>^{'18}	图 起動、運轉
☐	<ruby>色彩<rt>しきさい</rt></ruby>	图 色彩
☐	<ruby>辞退<rt>じたい</rt></ruby>	图 謝絕
☐	<ruby>失脚<rt>しっきゃく</rt></ruby>^{'20}	图 下台、喪失地位
☐	<ruby>辞任<rt>じにん</rt></ruby>^{'15}	图 辭職
☐	<ruby>重複<rt>じゅうふく</rt></ruby>/<ruby>重複<rt>ちょうふく</rt></ruby>^{'17}	图 重複
☐	<ruby>昇進<rt>しょうしん</rt></ruby>^{'17}	图 晉升
☐	<ruby>処置<rt>しょち</rt></ruby>^{'13}	图 處置、治療
☐	<ruby>仕業<rt>しわざ</rt></ruby>^{'12}	图 勾當
☐	<ruby>審議<rt>しんぎ</rt></ruby>	图 審議

[用法大題常考名詞②]

☐	<ruby>親善<rt>しんぜん</rt></ruby>	图 親善

□ 制裁 ^{せいさい}	图 制裁	□ 目先 ^{め さき}'10	图 眼前
□ 総合 ^{そうごう}'15	图 綜合	□ 目安 ^{め やす}'19	图 標準
□ 打開 ^{だ かい}'13	图 克服	□ 面識 ^{めんしき}'18	图 見過面
□ 調達 ^{ちょうたつ}'10	图 供應	□ 免除 ^{めんじょ}'12	图 免除
□ 提起 ^{てい き}'17	图 提出	□ 優位 ^{ゆう い}'13	图 優勢
□ 入手 ^{にゅうしゅ}'16	图 取得	□ ゆとり'11	图 寬裕、從容
□ 配属 ^{はいぞく}'18	图 分配	□ 様相 ^{ようそう}'19	图 情勢
□ 配布 ^{はい ふ}'11'17	图 分發	□ 要望 ^{ようぼう}'19	图 要求
□ 発散 ^{はっさん}'12	图 發散	□ 連携 ^{れんけい}'11	图 合作
□ 抜粋 ^{ばっすい}'18	图 摘錄		

[用法大題常考動詞①]

□ 繁盛 ^{はんじょう}'19	图 繁榮	□ あざわらう	動 嘲笑
□ 人手 ^{ひと で}'15	图 人手	□ 焦る ^{あせ}	動 著急
□ 拍子 ^{ひょう し}'13	图 拍子	□ 当てはめる ^あ'13	動 適用
□ 復旧 ^{ふっきゅう}'14	图 修復	□ 操る ^{あやつ}	動 掌握
□ 赴任 ^{ふ にん}'11	图 赴任	□ 打ち明ける ^{う あ}	動 說出心裡話
□ 不服 ^{ふ ふく}'11	图 異議	□ うなだれる'17	動 低頭
□ ブランク'12	图 空白	□ 怠る ^{おこた}'12'20	動 疏忽
□ 分裂 ^{ぶんれつ}	图 分裂	□ 帯びる ^お'15	動 帶有
□ 便宜 ^{べん ぎ}	图 方便	□ 思い詰める ^{おも つ}'15	動 鑽牛角尖
□ 発足 ^{ほっそく}'10'17	图 開始活動	□ 折り返す ^{お かえ}	動 折返
□ 没頭 ^{ぼっとう}'15	图 專心、熱衷	□ 抱え込む ^{かか こ}'14	動 抱住
□ 真っ先 ^{ま さき}'17	图 最先	□ かさばる'18	動 體積增大
□ 満喫 ^{まんきつ}'10	图 充分享受	□ かなう'11	動 實現
□ 見込み ^{み こ}'12	图 希望	□ かばう'13	動 袒護
□ 密集 ^{みっしゅう}'10	图 密集		

☑ 把背不起來的單字勾起來，時時複習！

☐ かぶれる	動皮膚發炎		☐ 断_たつ	動斷絕

☐ かぶれる　動皮膚發炎

☐ 食_くい違_{ちが}う ¹⁶　動不一致

☐ くじける ¹⁹　動沮喪

☐ 覆_{くつがえ}す ¹⁹　動推翻

☐ 組_くみ込_こむ　動排入

☐ 心_{こころ}掛_がける　動留意

☐ 試_{こころ}みる　動試試看

☐ 籠_こもる　動閉門不出

☐ 凝_こらす　動集中

☐ 裂_さける　動裂開

☐ 授_{さず}ける　動傳授

☐ 察_{さっ}する ¹⁶　動體諒、察覺

☐ 裁_{さば}く　動裁判

☐ 仕_し上_あげる　動完成

☐ 仕_し掛_かける　動著手

☐ しがみつく ¹⁴　動緊緊抓住

☐ 称_{しょう}する　動號稱

☐ 退_{しりぞ}く ¹⁶　動退出

☐ 制_{せい}する　動壓制

☐ 損_{そこ}なう ¹⁴　動損壞

☐ 備_{そな}え付_つける ¹⁸　動裝設

[用法大題常考動詞②]

☐ 反_そる　動翹曲

☐ 携_{たずさ}わる ¹⁴　動從事

☐ 断_たつ　動斷絕

☐ 立_たて替_かえる　動墊付

☐ 手_て掛_がける　動經手

☐ 出_でくわす　動遇到

☐ 遂_とげる ¹⁷　動達到

☐ 取_とり締_しまる　動取締

☐ 取_とり次_つぐ　動轉達、轉交

☐ 取_とり寄_よせる　動郵購

☐ 投_なげ出_だす　動放棄

☐ 懐_{なつ}く　動馴服

☐ 賑_{にぎ}わう ¹⁰　動熱鬧

☐ 乗_のっ取_とる　動劫持

☐ 乗_のり出_だす ¹⁸　動出面承擔

☐ はがす ¹⁴　動撕掉

☐ 励_{はげ}ます　動鼓勵

☐ 弾_{はず}む　動興致高漲

☐ 腫_はれる　動腫起來

☐ 引_ひきずる　動拖

☐ 引_ひき取_とる　動領養

☐ 秘_ひめる ¹²　動隱藏

☐ 冷_ひやかす　動冷卻

☐ 踏_ふみ込_こむ　動踩進

☐ 隔_{へだ}たる　動相隔、隔開

☐ 経_へる　動經過

☐ 解_{ほど}ける ¹¹　動解開

文字・語彙

□ 滅びる'17	動 滅亡	□ 一律'14	な形 統一
□ 交える'19	動 摻雜	□ 裏腹だ'14	な形 心口不一
□ 見失う'11	動 迷失	□ 円滑だ'13'20	な形 圓滑
□ 見落とす'10'17	動 忽略	□ 円満だ	な形 圓滿
□ 見渡す	動 環視	□ おおげさだ	な形 誇大
□ 呼び止める	動 叫住	□ 温和だ	な形 穩健
□ 割り込む	動 擠進、從旁插入	□ 過密だ'16	な形 過於密集

[用法大題常考い・な形容詞①]

□ あくどい	い形 惡毒	□ 簡易だ	な形 簡易
□ 潔い'10	い形 乾脆	□ 簡潔だ	な形 簡潔
□ おびただしい	い形 數不盡	□ 頑丈だ	な形 堅固
□ きまりわるい	い形 難為情	□ 閑静だ'16	な形 清靜
□ しぶとい'18	い形 頑強	□ 簡素だ'19	な形 簡單樸素
□ 素早い'16	い形 動作敏捷俐落	□ 強烈だ	な形 強烈
□ 耐えがたい'14	い形 難以忍受	□ 緊密だ'17	な形 密切
□ たやすい'16	い形 容易	□ 軽快だ	な形 輕快
□ 馴れ馴れしい	い形 嬉皮笑臉	□ 軽率だ	な形 草率
□ はなはだしい'15	い形 極大的	□ 健在だ	な形 健在
□ ほほえましい'19	い形 讓人為之一笑的		
□ みすぼらしい	い形 寒酸		

[用法大題常考い・な形容詞②]

□ 満たない'12	い形 未達到	□ 健全だ	な形 健全
□ 目覚ましい'11	い形 驚人	□ 広大だ'12	な形 廣闊、遼闊
□ 安静だ	な形 安靜	□ 細心だ'10	な形 細心、周密
□ 一様だ	な形 同樣	□ 残酷だ	な形 殘酷
		□ 自在だ	な形 自由自在
		□ 質素だ'11	な形 樸素

☑️ 把背不起來的單字勾起來，時時複習！

□ しなやかだ	な形 柔韌	□ 露骨だ（ろこつ）	な形 露骨
□ 誠実だ（せいじつ）	な形 誠實		
□ 正当だ（せいとう）	な形 正當	**[用法大題常考副詞]**	
□ 精密だ（せいみつ）	な形 精密	□ いかにも	副 實在是
□ 切実だ（せつじつ）	な形 懇切	□ 依然として（いぜん）	副 依然
□ 怠慢だ（たいまん）	な形 怠慢	□ 一概に（いちがい）	副 一概
□ 巧みだ（たく）'18	な形 巧妙	□ 一挙に（いっきょ）	副 一舉
□ 単調だ（たんちょう）	な形 單調	□ いっそ	副 索性
□ のどかだ	な形 悠閒	□ 今更（いまさら）'15	副 事到如今
□ 煩雑だ（はんざつ）'13	な形 麻煩	□ いやに	副 非常
□ 半端だ（はんぱ）	な形 模稜兩可	□ 遅くとも（おそ）	副 最晚
□ ひたむきだ'19	な形 一心一意	□ おどおど	副 恐懼不安
□ 不審だ（ふしん）	な形 可疑	□ くまなく'15	副 到處
□ ふんだんだ	な形 大量的	□ 煌々と（こうこう）	副 耀眼
□ まちまちだ'11	な形 各式各樣的	□ さぞ	副 想必
□ 未開だ（みかい）	な形 未開化、未開墾	□ さほど	副 並不是
□ 無造作だ（むぞうさ）'12	な形 隨隨便便	□ さも	副 好像
□ 無念だ（むねん）	な形 悔恨	□ 終始（しゅうし）	副 始終
□ 無能だ（むのう）	な形 沒有才能	□ 実に（じつ）'20	副 非常
□ 無闇だ（むやみ）	な形 胡亂、輕率	□ ずばり	副 開門見山
□ 明朗だ（めいろう）	な形 開朗活潑	□ 総じて（そう）'12	副 總而言之
□ 有数だ（ゆうすう）'12	な形 屈指可數的	□ てんで	副 完全
□ 優勢だ（ゆうせい）	な形 優勢	□ 到底（とうてい）	副 無論如何也
□ 冷酷だ（れいこく）	な形 冷酷	□ どうやら	副 總覺得
□ 冷淡だ（れいたん）	な形 冷淡	□ とかく	副 種種

☐ **とっくに**'11	副 已經	
☐ **とっさに**	副 剎那間	
☐ **なおさら**	副 更加	
☐ **何^{なん}だか**	副 總覺得	
☐ **何^{なん}なりと**	副 無論有什麼	
☐ **甚^{はなは}だ**	副 非常	
☐ **人一倍^{ひといちばい}**'14	副 比別人加倍	
☐ **ひとまず**'10	副 暫且	
☐ **めきめき**'10	副 迅速地	
☐ **もはや**'15'20	副 早就	
☐ **もろに**	副 迎面	
☐ **やけに**	副 非常	
☐ **余程^{よほど}**	副 頗	

☑ 把背不起來的單字勾起來，時時複習！

人文

[教育]

☐ いっぱんきょうよう 一般教養	名 通識課程	
☐ きょういくかくさ 教育格差	名 教育差距	
☐ きょうていこう 協定校	名 姊妹校	
☐ きょうゆ 教諭	名 教誨、教導	
☐ こうがくれきか 高学歴化	名 高學歷化	
☐ ざいこうせい 在校生	名 在校生	
☐ さんこうしょ 参考書	名 參考書	
☐ しきょういく 私教育	名 私立教育	
☐ じゅけんべんきょう 受験勉強	名 準備考試	
☐ しんがくじゅく 進学塾	名 升學補習班	
☐ そうききょういく 早期教育	名 早期教育	
☐ たんい 単位	名 學分	
☐ つちか 培う	動 培養	
☐ ふくせんこう 副専攻	名 輔系	
☐ へいきんか 平均化	名 平均化	

[言語]

☐ い まわ 言い回し	名 措辭
☐ がいらいご 外来語	名 外來語
☐ げんごけん 言語圏	名 語言圈
☐ げんどう 言動	名 言行
☐ ごいりょく 語彙力	名 詞彙力
☐ こゆうめいし 固有名詞	名 專有名詞

☐ じれい 辞令	名 辭令
☐ ちょくやく 直訳	名 直譯
☐ つ 告げる	動 告知、通知
☐ ひとこと 一言	名 一句話、三言兩語
☐ ぶんみゃく 文脈	名 文意脈絡
☐ ぼご 母語	名 母語
☐ めいしょう 名称	名 名稱
☐ わかものことば 若者言葉	名 年輕人的流行用語
☐ わるくち 悪口	名 壞話

[心理]

☐ いっきいちゆう 一喜一憂	名 一喜一憂
☐ おくそく 憶測	名 臆測
☐ きょうこう 恐慌	名 恐慌
☐ けんきょ 謙虚だ	な形 謙虛的
☐ ざせつ 挫折	名 挫折
☐ しょうどう 衝動	名 衝動
☐ しんぼう 辛抱	名 忍耐
☐ ついきゅう 追及	名 調查
☐ はんぱつしん 反発心	名 反抗心
☐ ひ 惹かれる	動 被吸引
☐ べっし 蔑視	名 輕視
☐ むりじ 無理強い	名 逼迫
☐ ゆうえつかん 優越感	名 優越感
☐ らっかん 楽観	名 樂觀

☐ れっとうかん **劣等感**	图自卑感	

[歷史・民俗]

☐ えどじだい **江戸時代**	图江戶時代
☐ きんだいか **近代化**	图近代化
☐ げんそん げんぞん **現存/現存**	图現有、現存
☐ こうせい **後世**	图後代
☐ こくみんせい **国民性**	图國民性
☐ こだい **古代**	图古代
☐ こてんは **古典派**	图古典派
☐ こと **古都**	图古都
☐ さいこ **最古**	图最古老
☐ さかのぼ **遡る**	動追溯
☐ せいき **世紀**	图世紀
☐ たんいつみんぞく **単一民族**	图單一民族
☐ でんせつ **伝説**	图傳說
☐ ふうちょう **風潮**	图風潮
☐ わがし **和菓子**	图和菓子

[藝術・文學]

☐ いばな **生け花**	图插花
☐ うだ **生み出す**	動生產
☐ かき **花器**	图花瓶
☐ がくげいいん **学芸員**	图學藝員
☐ くとうてん **句読点**	图句逗點

☐ げいじゅつさくひん **芸術作品**	图藝術作品
☐ しゅじんこう **主人公**	图主角
☐ しゅっぱんしゃ **出版社**	图出版社
☐ そうさくぶつ **創作物**	图創作品
☐ ちょさくけん **著作権**	图著作權
☐ とうげい **陶芸**	图陶藝
☐ ぬ なお **塗り直す**	動重畫、重塗
☐ ひっせき **筆跡**	图筆跡
☐ へんしゅうしゃ **編集者**	图編輯
☐ **ポップス**	图流行音樂

[結構]

☐ いしずえ **礎**	图基礎
☐ いろど **彩る**	動上色
☐ えんしゅつ **演出**	图演出
☐ かべがみ **壁紙**	图壁紙
☐ くうかん **空間**	图空間
☐ けんぞうぶつ **建造物**	图建築物
☐ けんちくし **建築士**	图建築師
☐ こうちく **構築**	图建造
☐ こんりゅう **建立**	图建立
☐ しょうぎょうしせつ **商業施設**	图商業設施
☐ そうしょく **装飾**	图裝飾
☐ ないそう **内装**	图內裝
☐ へいめんず **平面図**	图平面圖

☑ 把背不起來的單字勾起來，時時複習！

□ 間取り（まど）	名 平面圖	□ 雇用形態（こようけいたい）	名 雇用形式
□ 木造建築（もくぞうけんちく）	名 木製建築	□ 仕事人間（しごとにんげん）	名 工作狂
		□ 就活生（しゅうかつせい）	名 求職生
		□ 重労働（じゅうろうどう）	名 體力活

社會

[經濟・管理]

□ 安価だ（あんか）	な形 便宜的	□ 取得者（しゅとくしゃ）	名 取得者
□ 一文無し（いちもんな）	名 身無分文	□ 職種（しょくしゅ）	名 職種
□ 営む（いとな）	動 經營、從事	□ 正社員（せいしゃいん）	名 正職員工
□ 億万長者（おくまんちょうじゃ）	名 大富豪	□ 携わる（たずさ）	名 從事、參與
□ 執行（しっこう）	名 執行	□ 転職先（てんしょくさき）	名 轉職的公司
□ 譲渡（じょうと）	名 轉讓	□ 非常勤（ひじょうきん）	名 非定期出勤
□ 消費税率（しょうひぜいりつ）	名 消費稅率	□ ライフワークバランス	名 工作與生活的平衡
□ 成果主義（せいかしゅぎ）	名 結果主義	□ リクルートスーツ	名 求職服裝
□ 節約術（せつやくじゅつ）	名 省錢方法		

[國際・外交]

□ 費やす（つい）	動 消費	□ 異国（いこく）	名 異國
□ 手取り（てど）	名 實收額	□ 異文化（いぶんか）	名 異文化
□ 年功序列（ねんこうじょれつ）	名 年資論輩	□ 共存/共存（きょうそん／きょうぞん）	名 共存
□ 貧困層（ひんこんそう）	名 貧困階級	□ 国際化（こくさいか）	名 國際化
□ 明細書（めいさいしょ）	名 收據	□ 国籍（こくせき）	名 國籍
□ 目標値（もくひょうち）	名 目標值	□ 国連（こくれん）	名 聯合國
		□ 国境（こっきょう）	名 國境

[求職・工作]

□ 求人情報（きゅうじんじょうほう）	名 徵人訊息	□ 島国（しまぐに）	名 島國
□ 業界（ぎょうかい）	名 業界	□ 大国（たいこく）	名 大國
□ 国家資格（こっかしかく）	名 國家證照	□ 滞在（たいざい）	名 滯留
		□ 通用（つうよう）	名 通用

□	ハーフ	名 混血
□	非人道的だ ひじんどうてき	な形 非人道的
□	友好 ゆうこう	名 友好

[政治・政策]

□	折り合う お あ	動 妥協
□	厚生労働省 こうせいろうどうしょう	名 厚生勞動省
□	社会保障費用 しゃかいほしょうひよう	名 社會保險費
□	弱者 じゃくしゃ	名 弱者
□	障害者 しょうがいしゃ	名 身心障礙者
□	所得税 しょとくぜい	名 所得税
□	人権 じんけん	名 人權
□	多数決 たすうけつ	名 多數決
□	地方自治体 ちほうじちたい	名 地方自治體
□	年金制度 ねんきんせいど	名 年金制度
□	踏み切る ふ き	名 踏斷、下定決心
□	マイノリティー	名 少數
□	未婚化 みこんか	名 未婚化
□	民主主義 みんしゅしゅぎ	名 民主主義
□	立候補 りっこうほ	名 候選人

[交通]

□	運転操作 うんてんそうさ	名 駕駛操作
□	救急車 きゅうきゅうしゃ	名 救護車
□	公共交通機関 こうきょうこうつうきかん	名 公共交通工具

□	更新 こうしん	名 更新
□	交通手段 こうつうしゅだん	名 交通工具、交通系統
□	死亡事故 しぼうじこ	名 死亡事故
□	車両 しゃりょう	名 車輛
□	渋滞 じゅうたい	名 塞車
□	進入 しんにゅう	名 進入
□	鉄道駅 てつどうえき	名 火車站
□	電鉄 でんてつ	名 電鐵
□	歩行者 ほこうしゃ	名 步行者
□	巻き込む ま こ	動 捲入
□	免許証 めんきょしょう	名 駕照

[家庭・育兒]

□	育児休暇 いくじきゅうか	名 育嬰假
□	親心 おやごころ	名 父母心
□	衣替え ころもが	名 換季
□	里親 さとおや	名 養父母
□	児童 じどう	名 兒童
□	脱線 だっせん	名 列車出軌
□	手入れ てい	名 修理、照料
□	日課 にっか	名 每天必做的事
□	一人暮らし ひとりぐ	名 獨居
□	風呂場 ふろば	名 浴室
□	保育士 ほいくし	名 保育員
□	水回り みずまわ	名 用水的地方

讀解

☑ 把背不起來的單字勾起來，時時複習！

□ 養う やしな	働養育	□ 食材 しょくざい	名食材
□ 揺り籠 ゆ かご	名搖籃	□ 玉ねぎ たま	名洋蔥
□ 幼少期 ようしょうき	名幼年期	□ 調理 ちょうり	名調理
		□ 手作り て づく	名手做
		□ 練る ね	名熬製、推敲

[住宅]

□ 一家 いっか	名一戶、一家	□ バーベキュー	名BBQ
□ 一軒家 いっけんや	名獨棟房屋	□ 保存食 ほぞんしょく	名乾貨
□ 垣根 かきね	名柵欄、圍籬	□ 持ち帰り も かえ	名外帶
□ 管理人 かんりにん	名管理員	□ 料理本 りょうりぼん	名食譜
□ 居住者 きょじゅうしゃ	名居住者		
□ 小屋 こや	名小屋		
□ 住宅情報誌 じゅうたくじょうほうし	名房屋情報雜誌	**[愛好]**	
□ 住み着く す つ	働安居	□ 愛好者 あいこうしゃ	名愛好者
□ 同居 どうきょ	名同居	□ 好物 こうぶつ	名喜歡的東西
□ 入館 にゅうかん	名入場、進館	□ 娯楽 ごらく	名娛樂
□ 町並み まちな	名街道	□ 情熱 じょうねつ	名熱情
□ ログハウス	名小木屋	□ 乗馬 じょうば	名騎馬
		□ 打者 だしゃ	名擊球員
		□ 打数 だすう	名擊球數

[烹飪・食物]

□ 飲食店 いんしょくてん	名餐館、餐飲店	□ 熱狂的だ ねっきょうてき	な形狂熱的
□ グルテン	名麩質	□ 敗北 はいぼく	名敗北
□ 穀物 こくもつ	名穀物	□ プレーヤー	名玩家
□ 小麦 こむぎ	名小麥	□ ベテラン	名老手
□ シェフ	名主廚	□ ミスショット	名擊球失誤
□ 実食 じっしょく	名在節目上真的把食物吃掉	□ 盛り上がる も あ	働氣氛高漲起來
		□ レジャーシート	名野餐墊

科學技術

[製造・技術]

□	えんかく 遠隔	名 遠距離操作
□	じき 磁気	名 磁力
□	せいぎょ 制御	名 駕駛、控制
□	せいめいいじ 生命維持	名 生命保障
□	てっこうじょ 鉄工所	名 煉鐵廠
□	でんきじどうしゃ 電気自動車	名 電動汽車
□	でんどうか 電動化	名 電動化
□	とうさい 搭載	名 搭載
□	どうりょくげん 動力源	名 動力來源
□	ととの 整える	動 整理、準備
□	ないねん 内燃エンジン	名 內燃機
□	ハイブリッドカー	名 油電混合車
□	ひやくてき 飛躍的だ	な形 飛躍性的
□	ふか 負荷	名 負荷
□	まさつねつ 摩擦熱	名 摩擦生熱

[健康]

□	いや 癒す	動 治療、醫治
□	インフルエンザ	名 流行性感冒
□	かいふく 快復	名 康復
□	かんせんしゃ 感染者	名 感染者
□	けんこうしんだん 健康診断	名 健康檢查
□	さいけつ 採血	名 抽血

□	さいぼう 細胞	名 細胞
□	しょうかきかん 消化器官	名 消化器官
□	しょうちょう 小腸	名 小腸
□	たんぱく質	名 蛋白質
□	ちょうへき 腸壁	名 腸膜
□	ふくこうかんしんけい 副交感神経	名 副交感神經
□	やくざいし 薬剤師	名 藥劑師
□	よぼうせっしゅ 予防接種	名 預防接種

[環境]

□	うめたてち 埋立地	名 人工建造土地、填海
□	かていさいえん 家庭菜園	名 家庭菜園
□	かんようしょくぶつ 観葉植物	名 觀葉植物
□	きこうへんどう 気候変動	名 氣候變遷
□	ぎょかくりょう 漁獲量	名 漁獲量
□	さ みだ 咲き乱れる	動 盛開
□	ざっそう 雑草	名 雜草
□	サボテン	名 仙人掌
□	さんさい 山菜	名 野菜
□	しがいせん 紫外線	名 紫外線
□	しんかいぎょ 深海魚	名 深海魚
□	なえ 苗	名 幼苗
□	ね 根こそぎ	名 全部、一點都不留
□	ひ や ど 日焼け止め	名 防曬乳
□	ゆきど 雪解け	名 融雪

讀解

☑ 把背不起來的單字勾起來,時時複習!

[管理・實踐]

☐	インフルエンサー	图 網紅、具有影響力的人
☐	打ち合わせる（う あ）	動 商洽、碰面
☐	売り出す（う だ）	動 賣出
☐	売れ筋（う すじ）	图 暢銷商品
☐	客層（きゃくそう）	图 客層
☐	光熱費（こうねつ ひ）	图 瓦斯與電費
☐	子会社（こ がいしゃ）	图 子公司
☐	最大手（さいおお て）	图 最大的企業
☐	試作品（し さくひん）	图 試作品
☐	試食会（し しょくかい）	图 試吃會
☐	下準備（したじゅん び）	图 預先準備
☐	老舗（しにせ）	图 老店
☐	謝恩会（しゃおんかい）	图 謝師宴
☐	集計（しゅうけい）	图 總計
☐	招待状（しょうたいじょう）	图 邀請函
☐	常連（じょうれん）	图 常客
☐	人件費（じんけん ひ）	图 人事費用
☐	人事部（じんじ ぶ）	图 人事部
☐	人選（じんせん）	图 人選
☐	製造コスト（せいぞう）	图 製造成本
☐	設備投資（せつ び とう し）	图 設備投資
☐	短縮（たんしゅく）	图 短缺
☐	提案書（ていあんしょ）	图 提案單
☐	テレビコマーシャル	图 電視廣告
☐	納品（のうひん）	图 交貨
☐	廃棄（はいき）	图 廢棄
☐	発注書（はっちゅうしょ）	图 訂貨單
☐	不祥事（ふ しょう じ）	图 醜聞
☐	付せん（ふ）	图 便利貼
☐	補償（ほ しょう）	图 補償
☐	儲け（もう）	图 賺錢
☐	有給休暇（ゆうきゅうきゅう か）	图 有薪假、特休

[學習・就業]

☐	インターンシップ	图 實習
☐	オーダーメイドスーツ	图 訂製西裝
☐	開講日（かいこう び）	图 開始上課的日子
☐	学士（がく し）	图 學士
☐	教養講座（きょうようこう ざ）	图 素養講座
☐	クラスメイト	图 同學
☐	合格祈願（ごうかく き がん）	图 祈求合格
☐	交換留学（こうかんりゅうがく）	图 交換留學
☐	講師（こう し）	图 講師
☐	サークル	图 社團
☐	採用（さいよう）	图 採用
☐	修士（しゅう し）	图 碩士生
☐	受験生（じゅけんせい）	图 考生
☐	受講者（じゅこうしゃ）	图 聽課的人
☐	取得（しゅとく）	图 取得

☐ しょうがくきん 奨学金	图 獎學金	☐ きそ 基礎	图 基礎
☐ しょうめいしょ 証明書	图 證明	☐ きょうざい 教材	图 教材
☐ しょぞく 所属	图 所屬	☐ グループディスカッション	图 小組討論
☐ しんにゅうせい 新入生	图 新生	☐ げんじょう 現状	图 現狀
☐ すぐ 優れる	動 出色	☐ げんり 原理	图 原理
☐ せんこう 選考	图 選拔	☐ こうえんかい 講演会	图 講座
☐ そな 備える	動 具備、設置	☐ こうとう 口頭	图 口頭
☐ だいがくさい 大学祭	图 大學學園祭	☐ こんぽん 根本	图 根本、根源
☐ たんきりゅうがく 短期留学	图 短期留學	☐ じっせいかつ 実生活	图 現實生活
☐ チャレンジ	图 挑戰	☐ しゃかいげんごがく 社会言語学	图 社會語言學
☐ てつや 徹夜	图 熬夜、通宵	☐ しょうさい 詳細だ	な形 詳細的
☐ にゅうがくきん 入学金	图 學費	☐ しんりがく 心理学	图 心理學
☐ にゅうがくしけん 入学試験	图 入學考	☐ すうち 数値	图 數值
☐ にゅうしゃ 入社	图 進公司	☐ せいぶつがく 生物学	图 生物學
☐ ひつようしょるい 必要書類	图 必要文件	☐ せかいいさん 世界遺産	图 世界遺產
☐ へいしゃ 弊社	图 敝公司	☐ セミナー	图 研討會
☐ ほんこう 本校	图 本校	☐ せんりゃく 戦略	图 戰略
		☐ ノシーボ効果 こうか	图 反安慰劑效應
[學術・研究]		☐ はいけいちしき 背景知識	图 背景知識
☐ いでんし 遺伝子	图 遺傳基因	☐ プラシーボ効果 こうか	图 安慰劑效應
☐ えいようがく 栄養学	图 營養學	☐ ほじゅう 補充	图 補充
☐ おうよう 応用	图 應用	☐ ゆらい 由来	图 由來
☐ かじょうが 箇条書き	图 一項一項寫、列舉	☐ りろん 理論	图 理論
☐ かんさつ 観察	图 觀察	☐ れんそう 連想	图 聯想
☐ かんてん 観点	图 觀點	☐ ろんぶん 論文	图 論文

☑️ 把背不起來的單字勾起來,時時複習!

[政策・福利]

☐	移転 (いてん)	图 轉移
☐	解決策 (かいけつさく)	图 解決方法
☐	介護施設 (かいごしせつ)	图 看護設施
☐	解体 (かいたい)	图 解體
☐	確保 (かくほ)	图 確保
☐	過疎化 (かそか)	图 過於稀少化
☐	活性化 (かっせいか)	图 活性化
☐	規定 (きてい)	图 規定
☐	支給金 (しきゅうきん)	图 支付金
☐	児童館 (じどうかん)	图 兒童館
☐	社会進出 (しゃかいしんしゅつ)	图 社會活動
☐	充実 (じゅうじつ)	图 充實
☐	出産 (しゅっさん)	图 生產
☐	商店街 (しょうてんがい)	图 商店街
☐	人員 (じんいん)	图 人員
☐	シングルマザー	图 單親媽媽
☐	制度 (せいど)	图 制度
☐	町長 (ちょうちょう)	图 鎮長
☐	撤去 (てっきょ)	图 撤除
☐	都市部 (としぶ)	图 城鎮
☐	廃墟 (はいきょ)	图 廢墟
☐	保育園 (ほいくえん)	图 幼稚園
☐	放置 (ほうち)	图 放置、擱置
☐	保障 (ほしょう)	图 保障
☐	補助金 (ほじょきん)	图 補助金
☐	ボランティア	图 志工
☐	賄う (まかなう)	動 供給、籌備
☐	領域 (りょういき)	图 領域
☐	老人ホーム (ろうじん)	图 老人院

[藝術・體育]

☐	浮世絵 (うきよえ)	图 浮世繪
☐	演目 (えんもく)	图 演出劇目
☐	歌詞 (かし)	图 歌詞
☐	カメラワーク	图 攝影技術
☐	キャッチボール	图 投接球練習
☐	球団 (きゅうだん)	图 職業棒球隊
☐	繰り出す (くだす)	動 派出
☐	芸術家 (げいじゅつか)	图 藝術家
☐	芸能人 (げいのうじん)	图 藝人
☐	剣道 (けんどう)	图 劍道
☐	攻撃力 (こうげきりょく)	图 攻擊力
☐	最優秀賞 (さいゆうしゅうしょう)	图 最優秀獎
☐	作曲家 (さっきょくか)	图 作曲家
☐	守備 (しゅび)	图 防守
☐	新作 (しんさく)	图 新作
☐	精神統一 (せいしんとういつ)	图 精神統一
☐	世界観 (せかいかん)	图 世界觀
☐	雪像 (せつぞう)	图 雪雕

□ 前作^{ぜんさく}	图 前作	□ 歯科医^{しかい}	图 牙科醫生
□ 選抜^{せんばつ}	图 選拔	□ 脂質^{ししつ}	图 脂類
□ 創造^{そうぞう}	图 創造	□ 持病^{じびょう}	图 老毛病
□ 対戦^{たいせん}	图 對戰	□ 小児科^{しょうにか}	图 小兒科
□ 出し物^{だ もの}	图 演出節目	□ 食生活^{しょくせいかつ}	图 飲食生活
□ 手書き^{てが}	图 手寫	□ 処方せん^{しょほう}	图 處方箋
□ 展示物^{てんじぶつ}	图 展示品	□ 自律神経^{じりつしんけい}	图 自律神經
□ トリックアート	图 立體繪畫	□ 視力^{しりょく}	图 視力
□ 俳優^{はいゆう}	图 演員	□ 診察票^{しんさつひょう}	图 掛號證
□ 迫力^{はくりょく}	图 氣魄、扣人心弦	□ 診断書^{しんだんしょ}	图 診斷書
□ バレーボール	图 排球	□ 生活習慣病^{せいかつしゅうかんびょう}	图 慢性病
□ 評論家^{ひょうろんか}	图 評論家	□ 損ねる^{そこ}	動 傷害、損害
□ フットサル	图 室內五人制足球	□ 体内^{たいない}	图 體內
□ 魅了^{みりょう}	图 使人入迷	□ 糖質^{とうしつ}	图 醣類
		□ 夏バテ^{なつ}	图 中暑
		□ 入退院^{にゅうたいいん}	图 住出院

[健康・疾病]

□ 栄養素^{えいようそ}	图 營養素	□ 熱中症^{ねっちゅうしょう}	图 中暑
□ 老いる^お	動 年老、上年紀	□ 排出^{はいしゅつ}	图 排出
□ カウンセリング	图 諮詢	□ 肥満^{ひまん}	图 肥胖
□ カフェイン	图 咖啡因	□ 副作用^{ふくさよう}	图 副作用
□ かれる	動 凋零、枯萎	□ 服用^{ふくよう}	图 服用
□ 筋トレ^{きん}	图 肌肉訓練	□ 不眠^{ふみん}	图 失眠
□ 外科^{げか}	图 外科	□ 免疫力^{めんえきりょく}	图 免疫力
□ 検診^{けんしん}	图 診察	□ 老化^{ろうか}	图 老化
□ 高齢^{こうれい}	图 高齡		

聽解

☑ 把背不起來的單字勾起來，時時複習！

[日常生活]

☐ あなば 穴場	图 私房景點
☐ いあらそ 言い争い	图 爭吵
☐ いざかや 居酒屋	图 居酒屋
☐ うつ す 移り住む	動 移居
☐ おむつ	图 尿布
☐ か ぬし 飼い主	图 飼主
☐ かお だ 顔立ち	图 容貌
☐ か ぐせ 噛み癖	图 過度咬合
☐ き 着こなす	動 把衣服穿得合身、好看
☐ きょうだいあい 兄弟愛	图 兄弟情
☐ くさ 臭み	图 臭味、裝腔作勢
☐ くるまいす 車椅子	图 輪椅
☐ こな 粉ミルク	图 奶粉
☐ こみんか 古民家	图 老房子
☐ さいほうそう 再放送	图 重新播出
☐ じゅうい 獣医	图 獸醫
☐ しろくじちゅう 四六時中	副 一整天、一天到晚
☐ しんせん 新鮮だ	な形 新鮮的
☐ せんど 鮮度	图 鮮度
☐ せんとう 銭湯	图 公共澡堂
☐ た ほうだい 食べ放題	图 吃到飽
☐ て わ 手分け	图 分工
☐ とり 鳥かご	图 鳥籠
☐ ながも 長持ち	图 耐用

☐ にゅうよくりょう 入浴料	图 入浴費
☐ は え 生え変わる	動 長出新頭髮
☐ ひとみ し 人見知り	图 怕生
☐ プライバシー	图 隱私
☐ フリーマーケット	图 跳蚤市場
☐ むらさきいも 紫芋	图 紫薯
☐ めいわく 迷惑メール	图 垃圾信件
☐ れんあいしょうせつ 恋愛小説	图 愛情小說

[科學・技術]

☐ かいせん 回線	图 電路
☐ かいはつ 開発	图 開發
☐ かく ど 角度	图 角度
☐ が しつ 画質	图 畫質
☐ か でんりょうはんてん 家電量販店	图 家電量販店
☐ き かいしき 機械式	图 機械式
☐ き けん ど 危険度	图 危險度
☐ キャパシティー	图 能力、容量
☐ きんぞく 金属	图 金屬
☐ けいりょうか 軽量化	图 輕量化
☐ こうぞう 構造	图 構造
☐ じっけん 実験	图 實驗
☐ じつようか 実用化	图 實用化
☐ しゃたい 車体	图 車身
☐ じゅうりょう 重量	图 重量

□ しんがい 侵害	名 侵害	□ こうち 高地	名 高地
□ スーパーカー	名 超級跑車	□ こんちゅう 昆虫	名 昆蟲
□ スマートフォン	名 智慧型手機	□ サラマンダー	名 火蜥蜴
□ せいぞう 製造	名 製造	□ シャチ	名 虎鯨
□ タブレット	名 平板	□ しゅうかく 収穫	名 收割、收成
□ たんまつ 端末	名 終端	□ すずむし 鈴虫	名 鈴蟲
□ でんしきき 電子機器	名 電子機器	□ スローライフ	名 慢活
□ でんししょせき 電子書籍	名 電子書	□ せいたい 生態	名 生態
□ バッテリー	名 電池	□ ぜつめつ 絶滅	名 滅絕
□ ふきゅう 普及	名 普及	□ ちきゅうおんだんか 地球温暖化	名 全球暖化
□ ぶっしつ 物質	名 物質	□ ちょうるい 鳥類	名 鳥類
□ へいさ 閉鎖	名 閉鎖	□ てんこう 天候	名 天候
□ へいれつ 並列	名 並列	□ にさんかたんそ 二酸化炭素	名 二氧化碳
□ もけい 模型	名 模型	□ はちゅうるい 爬虫類	名 爬蟲類
□ ロケット	名 火箭	□ ピューマ	名 美洲獅
		□ ふうぶつし 風物詩	名 風景詩、季節詩
[自然・環境]		□ へいげん 平原	名 平原
□ いなかぐらし 田舎暮らし	名 鄉下生活	□ ヘビ	名 蛇
□ イノシシ	名 山豬	□ ホタル	名 螢火蟲
□ えんてんか 炎天下	名 炎炎烈日	□ ほにゅうるい 哺乳類	名 哺乳類
□ オウム	名 鸚鵡	□ まく	動 播種
□ がいちゅう 害虫	名 害蟲	□ まつばら 松原	名 大片松樹林
□ きこう 気候	名 氣候	□ むのうやく 無農薬	名 無農藥
□ きょうふう 強風	名 強風	□ ゆうき 有機	名 有機
□ きょうりゅう 恐竜	名 恐龍	□ りょうせいるい 両生類	名 兩棲類

☑ 把背不起來的句型勾起來，時時複習！

接在名詞後方的句型

□ **〜あっての**
有…才有

経営者は従業員あっての会社であることを忘れてはいけない。
有員工才有公司這一點管理層絕不能忘記。

□ **〜いかん**
就要看…如何、能否

プロジェクトが成功するかどうかは君の努力いかんだ。
這個項目能否成功，就要看你的努力了。

□ **〜いかんで／〜いかんによって**
根據

工事の進行状況のいかんでは日程を調整する必要が出てくる。
必須得根據工程的進度狀況調整日程表。

□ **〜いかんによらず／〜いかんにかかわらず／〜いかんを問わず**
不管什麼理由

理由のいかんによらず、試験期間中は入室が禁止されています。
不管有什麼理由，考試期間都禁止進入教室。

□ **〜かたがた**
去…時候，順便

本日はごあいさつかたがた、お伺いいたしました。
今天是來跟您問候並拜訪一下。

□ **〜ずくめ**
全是

黒ずくめの男が現場周辺をうろついていたそうだ。
好像有個全身黑的男子在事發現場周邊排徊。

□ **〜たりとも**
哪怕…也不、即使…也不

決勝戦は1秒たりとも目が離せない緊迫した状況が続いている。
決賽的賽況一直處於一秒都不能移開視線的緊張狀態。

□ **〜たる**
作為…的

彼女の表情からは確固たる自信が感じられた。
從她的表情，可以感受到名為堅定的自信。

□ **〜だろうが、…だろうが／〜だろうと、…だろうと**
不管是…還是

バスだろうが、電車だろうが目的地までかかる時間に違いはない。
不管搭公車還是搭電車，到目的地所花的時間都差不多。

□ **〜であれ …であれ**
無論…還是…

正社員であれ、契約社員であれ、責任感を持って働くべきだ。
無論是正職員工還是約聘員工，都應該帶著責任心工作。

☐	**～でなくてなんだろう** 難道不是…又是什麼	この心<ruby>こころ</ruby>が温<ruby>あたた</ruby>かく、満<ruby>み</ruby>たされる感覚<ruby>かんかく</ruby>が幸<ruby>しあわ</ruby>せでなくてなんだろう。 這種既暖心又滿足的感覺不是幸福那又是什麼呢？
☐	**～と相<ruby>あい</ruby>まって** 與…相結合、與…相融合	白<ruby>しろ</ruby>を基調<ruby>きちょう</ruby>とした店内<ruby>てんない</ruby>は日差<ruby>ひざ</ruby>しと相<ruby>あい</ruby>まっていっそう明<ruby>あか</ruby>るく見<ruby>み</ruby>える。 以白色為基調的店內裝潢融合日光看起來更加明亮。
☐	**～といい …といい** 不論…還是…、也好…也好…	部長<ruby>ぶちょう</ruby>といい、課長<ruby>かちょう</ruby>といい、すばらしい上司<ruby>じょうし</ruby>に恵<ruby>めぐ</ruby>まれている。 無論是部長還是課長，我的上司都是很好的人。
☐	**～といわず …といわず** 不論…還是	書道<ruby>しょどう</ruby>といわず、バレエといわず、姉<ruby>あね</ruby>の趣味<ruby>しゅみ</ruby>は多岐<ruby>たき</ruby>に渡<ruby>わた</ruby>る。 不論書法還是芭蕾，我姊姊的興趣愛好非常廣泛。
☐	**～ときたら** 說到、提到	政府<ruby>せいふ</ruby>ときたら、さらに消費税<ruby>しょうひぜい</ruby>を増税<ruby>ぞうぜい</ruby>するつもりだ。 說到政府，接下來是打算要提高消費稅了吧。
☐	**～として** 作為、當作	それが真実<ruby>しんじつ</ruby>だとして、得<ruby>とく</ruby>をする人<ruby>ひと</ruby>は誰<ruby>だれ</ruby>もいないはずだ。 如果把那個當作真相，那應該沒有任何人是獲益者。
☐	**～とでもいうべき／ ～ともいうべき** 可以稱得上…	人生<ruby>じんせい</ruby>の汚点<ruby>おてん</ruby>とでもいうべき失態<ruby>しったい</ruby>をおかしてしまった。 我做出了一件可以稱得上是我人生中最嚴重的失態事件。
☐	**～なくして(は)** 如果沒有	市民<ruby>しみん</ruby>の協力<ruby>きょうりょく</ruby>なくしては安全<ruby>あんぜん</ruby>な町<ruby>まち</ruby>づくりは実現<ruby>じつげん</ruby>しない。 如果沒有市民同心協力，也無法實現安全的城市發展。
☐	**～なしに** 只有…才能、只有…才有的	画期的<ruby>かっきてき</ruby>なアイディアなしに、他社<ruby>たしゃ</ruby>と勝負<ruby>しょうぶ</ruby>するのは難<ruby>むずか</ruby>しそうだ。 如果沒有一個突破性的想法，似乎很難與其它公司競爭。
☐	**～ならでは** 特有	河原<ruby>かわら</ruby>で鍋<ruby>なべ</ruby>を囲<ruby>かこ</ruby>む芋煮会<ruby>いもにかい</ruby>は山形県<ruby>やまがたけん</ruby>ならではの名物行事<ruby>めいぶつぎょうじ</ruby>だ。 在河岸煮火鍋的芋煮會是山形縣特有的著名活動。

N
1
必
考
句
型

□ **～にあって(は)** 在…的情況下	高齢化社会にあって、介護保険制度の見直しが求められる。 在高齡化社會下，最重要的是重新審視照護保險制度。
□ **～にあるまじき** 不該有的	彼は指導者にあるまじき発言をし、辞職に追い込まれた。 他做出了指導者不該有的發言而被迫辭職。
□ **～に言わせれば／ ～に言わせると** 依…看	専門家に言わせれば、自分に自信がない人間ほど嫉妬深いらしい。 依專家所言，對自己愈是沒有自信的人嫉妒心就愈強。
□ **～にかかっている** 關係到	昇進できるかは今回のプロジェクトにかかっている。 此次的專案關係到我能否升職。
□ **～にかかわる** 關係到	投手にとって肩の負傷は選手生命にかかわる一大事だ。 對投手而言，肩傷是關乎選手生命的一大要事。
□ **～に限ったことではない** 不僅僅是	待機児童の問題は首都圏に限ったことではないという。 待機兒童的問題不僅僅限於首都圈內。
□ **～にかこつけて** 藉口	社長は出張にかこつけて、経費を好き勝手に使い込んでいた。 社長會以出差為藉口，任意動用經費。
□ **～にかたくない** 不難…	子どもを一人で育てるシングルマザーの苦労は想像にかたくない。 不難想像獨自一人養育孩子的單親媽媽會有多麼辛苦。
□ **～にかまけて** 只顧	忙しさにかまけて家庭を顧みない夫には何度も失望させられた。 對於只顧著工作忙碌而不顧家裡的丈夫，我已經失望透頂了。
□ **～にして** 到了…階段	彼は60歳にして、国内最高峰のコンテストで新人賞を獲得した。 他到了60歲，才在國內最頂尖的競賽中獲得新人獎。

〜にしてみれば
從…角度來看

ペットにしてみれば洋服を着せられるなんて迷惑なことである。
從寵物的角度來看，被迫穿上衣服是很困擾的事。

〜に即して
根據、按照

作者の実体験に即して書かれた小説はベストセラーになった。
根據作者本人親身經歷而寫成的小說登上了暢銷榜。

〜にとどまらず
不限於

ガンは肺にとどまらず、脳にまで転移していた。
癌細胞不僅限於肺，已經轉移至腦部了。

〜にひきかえ
與…相反

友人が多く社交的な兄にひきかえ、私は内向的な性格だ。
與朋友多又擅於社交的哥哥相反，我是屬於比較內向的性格。

〜にもまして
比…更

例年にもまして、今年の桃はサイズも大きく、糖度も高い。
今年的桃子比往年更大、糖度也更高。

〜の至り
非常

若気の至りだったとはいえ、今思えば恥ずかしいことばかりだ。
雖說當時就是太年輕了，但現在回想起來只感到非常羞恥。

〜の極み
至極

露天風呂に浸かりながら富士山を眺められるなんて贅沢の極みだ。
能夠在露天溫泉遠眺著富士山，真是奢侈至極啊。

〜のごとく／〜のごとき
有如…

寛人という名は字のごとく寛大な人になれという想いから名付けた。
取名為寬人，是希望能夠如同這個名字一樣成為一位心胸寬大的人。

〜のゆえに
因…緣故

自動掃除機はその利便性のゆえに主婦層から人気を集めている。
掃地機器人因其便利性，在主婦圈中非常受歡迎。

**〜ならいざしらず／
〜はいざしらず**
關於…不太清楚

本革ならいざしらず、人工皮革にそんな値段は出せない。
關於真皮我是不太清楚，但人工皮的話價格不會這麼高吧。

☑ 把背不起來的句型勾起來，時時複習！

☐ **～はおろか**
不要說…就連…也

世界史はおろか日本の歴史についても詳しく知らない。

別說是世界史了，就連日本的歷史我都不是很清楚。

☐ **～はさておき／
～はさておいて**
暫且不論…首先…

高圧的な態度はさておき、彼女の演技は文句のつけようがない。

暫且不論她那高壓迫性的態度，就光是演技就沒什麼好批評的。

☐ **～までして**
甚至到…地步

借金までして始めた事業が軌道に乗り、借金返済のめどが立った。

從負債開始的事業終於上了軌道，借款的清償計劃也開始有了目標。

☐ **～まみれ**
沾滿

泥まみれで遊ぶ息子の姿が愛おしくて仕方ないという様子だ。

大家看到玩得一身泥的兒子都是喜歡得不行的樣子。

☐ **～めく**
帶有…氣息

気温も上がり、色とりどりの花が咲き始めいよいよ春めいてきた。

氣溫上升，五顏六色的花朵開始盛開，終於能感受到春天的氣息了。

☐ **～も顧みず**
不顧

家庭も顧みず、全てを仕事に捧げてきたことを後悔している。

對於過去完全不顧家庭，將全部奉獻給事業，我現在相當後悔。

☐ **～もさることながら**
當然不用說

あの店の料理は味もさることながら、見た目も美しいそうだ。

那家店的料理味道就不用說了，就連外觀擺盤都非常漂亮。

☐ **～を …に控えて**
面臨

試合を明日に控えて、弟は一日中落ち着かない様子だ。

明天就要比賽了，因此弟弟今天一整天都很坐立不安。

☐ **～をおいて**
除…之外

木村次長の後任は林さんをおいて、ほかにはいないだろう。

木村次長的繼任人選，除了林先生／小姐之外也沒有別人了吧？

☐ **～を限りに**
以…為界

今日を限りに長年吸ってきたタバコを絶つつもりだ。

我打算從今天起，戒掉已經吸了多年的菸。

☐ **〜を皮切りに／〜を振り出しに** 以…為開端	1. 店舗の縮小を皮切りに本社でも多くの社員が解雇された。 從店面縮編開始，總部也解雇了很多員工。 2. ロンドンを振り出しに6月から世界ツアーを開催する。 六月開始將以倫敦為起點，展開世界巡迴。
☐ **〜を禁じ得ない** 不禁	突然の首相の辞任表明には驚きを禁じ得ない。 對於首相突然請辭，我不禁感到非常驚訝。
☐ **〜を境に** 以…為契機	一人暮らしを境に、料理を始めることにした。 一個人開始生活後，我決定開始做料理。
☐ **〜を踏まえ** 根據	筆者の考えを踏まえ、森林伐採について600字以内で論じなさい。 請根據筆者的觀念，以600字以内的篇幅針對森林採伐進行論述。
☐ **〜を経て** 經過	新入社員は3か月の研修を経て、それぞれの部署に配属される。 新進員工經過三個月的研修後分配至各自的所屬部門。
☐ **〜をもちまして／〜をもって／〜をもってすれば** 以此	今年度をもちまして、配信サービスを終了いたします。 網路播送服務即將於本年度終止。
☐ **〜をものともせずに** 不放在眼裡	彼はプレッシャーをものともせずに、自己ベストを更新した。 他沒有將壓力放在眼裡，最終刷新自己的最佳成績。
☐ **〜を余儀なくされる** 迫不得已	両足を骨折し、車いす生活を余儀なくされた。 他雙腿骨折，被迫使用輪椅生活。
☐ **〜をよそに** 不顧	周囲の反対をよそに、離婚に向けての準備を急いだ。 他不顧周圍的反對，著急地著手離婚的準備。
☐ **ひとり〜のみならず** 不僅僅是	貧困はひとり個人のみならず社会全体で取り組む問題だ。 貧困不僅僅是個人，而是整個社會都必須解決的問題。

N1必考句型

☑ 把背不起來的句型勾起來，時時複習！

[N1中經常出現的N2文法]

☐	**〜から …にかけて** 從…到	稲の収穫は9月から10月にかけて行われる。 稲米收成是從9月到10月。
☐	**〜からいうと／** **〜からいえば／** **〜からいったら** 從…來說	衛生面からいうと、ふきんは布製よりも使い捨てのものが良い。 從衛生面來說，用完就丟的抹布會比布製的好。
☐	**〜からいって** 從…來看	患者さんの年齢からいって、手術に耐え抜く体力はないだろう。 從患者的年齡來看，應該沒有撐完整個手術的體力。
☐	**〜からして** 從…來看	このドラマは俳優陣の顔ぶれからして、高視聴率は間違いない。 這部電視劇從演員班底來看，就知道收視率一定很高。
☐	**〜からすると／** **〜からすれば** 從…來看	外国人からすると、銭湯はとても不思議な文化のようだ。 從外國人的角度來看，公共澡堂應該是個很不可思議的文化。
☐	**〜次第だ** 全憑、要看	志望校に合格できるかどうかは君の努力次第だ。 能不能考上志願學校，全憑你的努力了。
☐	**〜でしかない** 只不過是	民間企業への支援給付金は一時的な応急処置でしかない。 給予民間企業的援助補貼，只不過是一時的應急措施。
☐	**〜というと／〜といえば** 說到	秋というと、松茸がスーパーの棚に並ぶシーズンだろう。 說到秋天，那就是松茸攻佔超市商品架的季節。
☐	**〜に応じて** 按照	接客業では状況に応じて、柔軟に対応することが求められる。 服務業必須視情況做出圓滑的應對。
☐	**〜にかかわらず** 無論…與否	リスクの有無にかかわらず、ロケットの開発事業は続行すべきだ。 無論有無風險，火箭的研發都應該持續下去。

☐ **～に限って／～に限らず** 偏偏	毎日折りたたみ傘を持ち歩くのに今日に限って家に置き忘れた。 我明明每天都會隨身攜帶折傘，今天卻偏偏忘在家裡了。
☐ **～にかけて** 論…	昆虫の生態にかけて彼より詳しいものはいません。 論昆蟲生態，可沒有人比他更懂。
☐ **～に応えて** 應…要求	市民の要望に応えて、来月から移動図書館が運営される。 因應市民的要求，移動圖書館將於下個月起開始營運。
☐ **～にしたら／～にすれば** 對…來說	森選手にしたら、同じポジションの新人の活躍は面白くないだろう。 對森選手來說，守備位置相同的新人如此活躍應該不是很令人開心的事吧。
☐ **～にしろ／～にせよ** 無論…都…	どんな結果にしろ、努力してきたことに後悔はない。 無論最終結果如何，我對自己的努力並不後悔。
☐ **～に沿って／～に沿い** 按照	ガイドラインに沿って、試験問題を作成しなければならない。 試題內容必須按照命題大綱編制。
☐ **～に他ならない** 無非是	自分の都合で相手を振り回すなんて理不尽に他ならない。 為了自己的方便不斷折騰對手，完全就是不講道理的行為。
☐ **～に基づき／ ～に基づいて** 根據	前会長には規定に基づき、厳正な処分が下されました。 根據規定，前會長已被下達嚴正的處分。
☐ **～にわたって／ ～にわたり** 至今…	この店は江戸時代から400年にわたって続く老舗中の老舗だそうだ。 這家老店是擁有自江戶時代至今，跨越了400年歷史老店中的老店。
☐ **～抜きで** 撇開	冗談抜きで、結婚について真剣に考えてもらえませんか。 別開玩笑了，有關於結婚的事能認真地思考一下嗎？

☑ 把背不起來的句型勾起來，時時複習！

☐ **～のことだから**
表示自己的判斷依據

佐藤さんのことだから、きっと今日も待ち合わせに遅れて来るよ。

佐藤的話，我覺得今天集合他也一定會遲到。

☐ **～のもと(で／に)**
在…之下

私たち人間は貧富の差はあっても法のもとに平等です。

我們人雖然有著貧富差距，但在法律之下人人都是平等的。

☐ **～はともかく(として)**
先別說

他人はともかく、家族だけには私の夢を応援してほしい。

別人就不說了，但我希望家人能支持我的夢想。

☐ **～を込めて**
傾注

感謝の気持ちを込めて、父の日にネクタイを贈りました。

我在父親節送了父親一條領帶，以表我的感激之情。

☐ **～を問わず**
不限…

俳句コンテストは年齢や性別を問わず、誰でも参加できます。

俳句比賽不限年齡與性別，人人皆可參加。

☐ **～を除いて**
除了…之外

一部企業を除いて、多くの企業が不況に苦しんでいるようだ。

除了一部分企業之外，大部分的企業幾乎都難逃經濟不景氣所帶來的影響。

☐ **～をはじめ／
～をはじめとして**
以…為首…包括…

今学期は音声学をはじめ言語学に関する講義を主に受けたい。

本學期我想上的課主要是以聲音學為首和語言學有關的課程。

連接於動詞後方的句型

☐ **～たが最後**
一但…就…

うっかり削除したが最後、ファイルの復元は不可能だ。

檔案一旦不小心刪除，就不可能再復原了。

☐ **～たところで**
頂多

今さら彼女に告白したところで、迷惑がられるだけだ。

事到如今還向她表白，頂多讓她感到困擾罷了。

～ところに
…的時候

1. 夕飯を作ろうとしたところに、ちょうどお誘いの電話をもらった。
在我剛要做晚飯的時候，剛好接到約吃飯的電話。

2. 噂話をしているところに、話の主役が現れた。
才剛想講八卦，沒想到八卦主角就出現了。

～てからというもの(は)
自從…以後

SNSが普及してからというもの、誰もが情報の発信者になった。
自從SNS逐漸普及之後，每個人都能夠成為發表資訊的來源。

～てのこと
是因為…才可能

国家試験に合格できたのは先生のご指導があってのことです。
能夠考過國家考試，都要歸功於老師的指導。

～てはばからない
大膽的

被告人は無実を主張してはばからなかった。
被告大膽地主張自己無罪。

～てばかりいる
總是

娘は不登校になってから、部屋に引きこもってばかりいる。
女兒自從不再去學校後，就總是一人窩在房間裡。

～てまで
甚至於到了…的地步

行列に並んでまでラーメンを食べたがる人の気持ちが分からない。
對於那些排隊就為了吃一碗拉麵的人，我著實不能理解他們的心情。

～てみせる
給…看

オリンピックで優勝して、歴史に名を刻んでみせる。
我一定要讓你看看看我在奧運會上拿金牌，歷史留名的那一刻！

～ても始まらない
使…也沒有用

不満を言っていても始まらないから、まずは行動に移そう。
即使再怎麼抱怨都沒有用，首先還是先行動吧！

～てやまない
不得了

祖母は天国にいる愛犬を未だに愛してやまないようです。
奶奶至今仍愛她在天國的狗狗愛得不得了。

～が早いか
剛…就…

電車のドアが開くが早いか、一目散にトイレに駆け出した。
電車門剛開，他就一溜煙地衝去廁所了。

～くらいなら
與其…寧願

不幸な境遇を同情されるくらいなら、馬鹿にされたほうがマシだ。
與其要被同情我不幸的遭遇，那我還寧願被看笑話。

N1必考句型

～ことなしに
不…而…

情熱を絶やす**ことなしに**、長年再生医療の研究に励んでいます。
長年來一直熱情不滅地致力於再生醫療的研究。

～始末だ
結果竟然發展至止

無理なスケジュールのせいで、残業を強いられる**始末だ**。
都是因為不合理的行程安排，我才被迫留在這裡加班。

～そばから
才剛要…

1. 部屋を片づける**そばから**子どもにおもちゃを散らかされる。
　我才剛要整理房間，孩子又將玩具弄亂了。
2. 忠告され**たそばから**、ふざけて怪我を負ってしまいました。
　才剛被提醒，又胡搞瞎搞導致受傷了。

～だけのことだ
只要…就行了

相手に信頼してもらえないなら、何度でも誠意を見せる**だけのことだ**。
如果對方不信任你，那你就是不停地表達出誠意就行了。

～ところだった
險些

株式の半数を所有され、会社ごと乗っ取られる**ところだった**。
股份被搶走了一半，整個公司差點都變別人的了。

**～ともなく／
～ともなしに**
下意識地…

彼は今でも事故のことを考える**ともなく**考えてしまうという。
一直到現在，他仍然會不時地想起事故當時的事。

～なり
剛…立刻

夫はよほど疲れていたのか帰宅する**なり**、ベッドに倒れ込んだ。
丈夫到底有多累，才會一回到家立刻就倒在床上睡著了。

～にはあたらない
用不著

もともと赤字続きだから、倒産しても驚く**にはあたらない**よ。
原本就一直在虧損了，如今即使破產也用不著驚訝。

**～べからず／
～べからざる**
不可

成功を収めたいのであれば、目先の利益を考える**べからず**。
如果想獲得成功，那就不能考慮眼前的利益。

～べく
為了…能夠

平凡な日常を打開する**べく**、生け花教室に通うことにしました。
為了能夠打破一成不變的日常，我決定參加插花教室。

～べくして ～た
必然…

中村先生の受賞は功績から見ても得る**べくして**得**た**賞である。
即使從功績來看，中村老師獲獎一事也是必然的。

～べくもない

無從…

スウェーデンの充実した福祉制度は日本とは比べるべくもない。

瑞典充足的福利制度，是日本無從比較的。

～ほどの …ではない

不至於

遠足を中止するほどの大雨ではないと思います。

我認為這場大雨還不到要中止遠足的程度。

～まで(のこと)だ

大不了…就是了

也就是、不過是

1. 話し合いで解決できないなら、法廷で争うまでだ。

若談判都解決不了，那大不了就是上法院辯個明白吧。

2. 私は部長がおっしゃった通りに行動したまでのことです。

我不過就是做著部長交代給我的事罷了。

～まで(のことで)もない

沒必要

忙しいんだから、言うまでもないことをいちいち説明させるな。

我忙得要命，這種沒必要說的事就別讓我一一說明了。

～や否や

一…就

主役が現れるや否や、割れんばかりの歓声が巻き起こった。

主角現身時，現場掀起了一股像要掀翻屋頂一樣的歡呼聲。

～よりほかない

只好…

かわいい娘の願いなら、叶えてあげるよりほかないだろう。

既然是可愛女兒的願望，那只好幫她實現了。

～うる／～える

可能

ストレスは精神面だけではなく、体の不調の原因にもなりうる。

壓力不僅僅來自於精神層面，可能也是身體出狀況時的示警之一。

～そびれる

錯過機會…最終沒能…

頼まれていた伝言を伝えそびれてしまいました。

最終還是沒能將被交代好的話給傳出去。

～つ …つ

表示動作交替進行

展望台に登ったのに、雲で富士山が見えつ隠れつしている。

都上了展望台了，但富士山卻因為雲開始若隱若現。

～はしない

絕對不

夫婦関係は破綻しているが、子どもが成人するまで別れはしない。

雖然夫婦關係已經破裂，但在孩子成年之前絕對不離婚。

～もしない

完全不…、做都不做

自分で調べもしないで、人に頼ろうとするのはやめましょう。

不能光只是想拜託他人自己卻查都不去查。

🔊 088 必考單字文法記憶手冊_26日.mp3

☑ 把背不起來的句型勾起來，時時複習！

☐ **～ようによっては／**
～ようでは
要看怎麼…、取決於

不幸だって考えようによっては、人生の教訓になるはずです。
取決於你怎麼想，即使不幸也應該會變成人生的教訓。

☐ **～ずじまいだ**
沒能

せっかく出張で韓国に来たのに、観光地は巡れずじまいだ。
因為出差好不容易才來到韓國，卻沒能好好觀光。

☐ **～ずにはおかない／**
～ないではおかない
必然

彼のいい加減な接客は客に不信感を与えずにはおかない。
他那種馬馬虎虎的服務態度，一定會給客人帶來不信任感。

☐ **～ずにはすまない／**
～ないではすまない
不得不…

先生の家宝である花瓶を割ってしまい、弁償せずにはすみません。
不小心打破了老師的傳家寶花瓶，不得不做出賠償。

☐ **～ずにすむ／**
～ないですむ／
～なくてすむ
沒有…就…

関東地方に地震が直撃したが、大きな被害が出ずにすんだ。
關東地區發生了大地震，所幸沒有嚴重的災情。

☐ **～ないこともない**
也不是不

魚特有の生臭さがひどいが、焼けば食べられないこともない。
雖然有魚特有的腥味，但烤了的話也不是不敢吃。

☐ **～ないまでも**
雖然不至於…但至少…

死に至らないまでも、脳に麻痺が残る可能性があると言われた。
雖然不至於死亡，但有說可能會導致腦部癱瘓。

☐ **～ないものでもない**
也不是不能

気持ちは分からないものでもないが、ここは組織に従うべきだ。
我並不是不能理解你的心情，但在這裡你必須遵循組織的規定。

☐ **～んがため**
為了

医者になる夢を叶えんがため、今は睡眠を削ってでも勉学に励む。
為了實現當醫生的夢想，現在即使減少睡眠時間也要拚命學習。

☐ **～んばかり**
眼看就要

地球が限界だと言わんばかりに各地で異常気象が起きている。
仿佛在說地球快要到極限了一樣，各地都在發生極端氣候。

□ **～ばきりがない**
沒完沒了

今回の試合の反省点を挙げればきりがありません。
這次比賽需要反省的地方說都說不完。

□ **～ばそれまでだ**
…的話…也就完了／這樣

証拠が見つからないため、無罪を主張されればそれまでです。
因為找不到證據而被主張無罪的話，那也就這樣吧。

□ **～ようが／～ようと**
不管

政権が変わろうが、我々の生活に変化があるわけではない。
不管政權改不改變，我們的生活都不會發生變化。

□ **～ようが ～まいが／
～ようと ～まいと**
不管…不…

私が投票しようがしまいが、結果は変わらないだろう。
不管我投不投票，結果都不會有變吧。

□ **～ようにも ～ない**
即使想…也不能…

家に携帯電話を置き忘れ、友人に連絡を取ろうにも取れなかった。
我將手機忘在家裡了，所以即使想和朋友聯絡也聯絡不上。

[N1中經常出現的N2文法]

□ **～たきり**
自從…就…

彼とは学生時代にけんかしたきり、一度も会っていない。
自從學生時期大吵一架後，我和他就沒再見過面了。

□ **～てからでないと／
～てからでなければ**
不…就…

初級に合格してからでないと、中級クラスは受講できません。
不先通過初級考試，就無法聽中級的課程。

□ **～てはならない**
不能

人は見た目が９割というが、外見で人を判断してはならない。
雖說人大約有九成都是在乎外表的，但還是不能以外表判斷他人。

□ **～上は**
既然

エースとして期待される上は、怪我を押してでも試合に出たい。
既然大家都將我當王牌一樣寄予厚望，那麼即使強忍傷痛我也一定要上場比賽。

N1必考句型

☐ **～か ～ないかのうちに**
剛…就…

飛行機が着陸したかしないかのうちに乗客は席を立ち始めた。

飛機一著陸，乘客就從座位上站起來了。

☐ **～限り／～ない限り**
盡量

事件の証人として、知っている限りのことをお話しください。

作為事件的證人，請盡量和我說說你所知道的一切。

☐ **～かのようだ／
～かのような**
就好像…一樣

部長は上の空で、ここが会社であることを忘れているかのようだ。

部長整個人心不在焉的，好像忘了這裡是公司一樣。

☐ **～ことなく**
不…

携帯の地図のおかげで、迷うことなく目的地に到着できました。

多虧手機上的地圖，我才能不迷路地抵達目的地。

☐ **～につけ**
每當…就

その音楽を聞くにつけ、部活に打ち込んだ日々を思い出すそうだ。

每次聽到那個音樂，就會想起沉浸在社團活動的那段時光。

☐ **～ものではない**
不該

価値観は人それぞれであり、他人に押し付けるものではない。

人人各有自己的價值觀，不應該強迫他人接受。

☐ **～わけにはいかない**
不能

人手不足で会社が大変なときに私が休むわけにはいかない。

公司因人手不足而進入非常時期時，我不能休假

☐ **～かけの／～かける**
做一半、沒做完

誰かの飲みかけのコーヒーが机の上に置いてあった。

桌上放著一杯不知道是誰喝到一半的咖啡

☐ **～がたい**
難以

彼は無口で何を考えているか分からないし、近寄りがたい存在だ。

他很沉默寡言都不知道在想些什麼，是個很難親近的存在。

☐ **～かねる**
…不了

申し訳ありませんが、そのようなご質問にはお答えしかねます。

很抱歉，這樣的問題我回答不了。

☐	**〜切る** …完、…盡	足が動かないくらいフラフラだったが、何とか走り切った。 雖然兩條腿抖得不行，幾乎是動也動不了，但總算還是跑完了。
☐	**〜次第** 一旦	商品の在庫が確認でき次第、こちらからご連絡いたします。 一旦確認過商品庫存，會立刻與您聯絡。
☐	**〜っこない** 不可能…	会議まで入っているし、今日中に書類をまとめられっこない。 我還有會要開，所以今天是不可能將文件整理好的。
☐	**〜つつ** 雖然	健康に良くないとは思いつつ、ついお酒を飲んでしまう。 雖然明白酒對健康沒有好處，但還是忍不住會喝。
☐	**〜つつある** 正在…	高齢者による超高齢者の介護が社会問題化しつつあるそうだ。 老人照顧更老的人，是正在發生的社會問題。
☐	**〜ようがない／ 〜ようもない** 沒辦法	聞く耳を持とうともしないのだから、説明しようがないよ。 因為你們聽都不想聽，那我也沒辦法說明啊。
☐	**〜ざるを得ない** 不得不…	化石燃料が底をついたら、自然エネルギーに頼らざるを得ない。 化石燃料一旦用盡，就不得不仰賴自然能源了。
☐	**〜ずにはいられない／ 〜ないではいられない** 沒有不…的	こんな絶景を目の前にしたら、興奮せずにはいられないだろう。 看到這樣的絕景，哪有不亢奮的。
☐	**〜ようものなら** 要是…的話	記念日を忘れようものなら、妻に何を言われるか分からない。 要是忘了紀念日，都不知道會被妻子怎麼抱怨。
☐	**〜以上(は)** 既然	韓国語を習得した以上、韓国語を使う仕事に就きたい。 既然都學會韓語，那當然想做用得到韓語的工作。

☑️ 把背不起來的句型勾起來，時時複習！

☐ **〜からには**
既然…

支店長に抜擢されたからには、必ず結果を出さなければいけない。

既然都被提拔為分店長了，那不拿出成績可不行。

☐ **〜まい**
為了不…

失敗するまいと気負うと、力が入ってうまくいかないことが多い。

為了不失敗而逞強的話，往往會因為過度拚命而進展不順。

連接於名詞和動詞後方的文法

☐ **〜以来**
以後、以來

1. 鈴木選手以来の大物ルーキーの入団で地元は大盛り上がりだ。

　自鈴木選手以來首次有新秀入團，在地民眾都非常興奮。

2. 新婚旅行でハワイに行って以来、海外には一度も行っていない。

　自從蜜月旅行去夏威夷之後就再也沒有出過國了。

☐ **〜かいもなく**
努力沒有回報

1. 徹夜のかいもなく、３つの教科で赤点をとってしまった。

　雖然熬夜了，但還是有三科不及格。

2. 車を５時間走らせたかいもなく、結局夕日は見られなかった。

　開了五個小時的車，最終還是沒看到落日。

☐ **〜限り**
竭盡

1. 必死でプレーする選手たちに力の限り、声援を送った。

　竭盡全力為拚命的選手們加油。

2. 就 職 面接に向け、考えられる限りの質問と応答を準備するべきだ。

　應該多多準備一下就職面試中可能出現的問題和回答。

☐ **〜かたわら**
一邊…一邊…

1. 井上さんは育児のかたわら大学院に通っているそうだ。

　井上先生／小姐似乎是一邊育兒一邊上研究所。

2. 和食レストランを営むかたわら、料理教室も開いている。

　一邊經營和食餐廳，一邊開料理教室。

～がてら
藉…之便

1. ドライブがてら、新しく郊外にできたカフェに行くつもりだ。
我打算藉著開車兜風之便，去郊外新開的咖啡店看看。

2. 出張で北海道に行きがてら、観光も楽しんだ。
藉著出差去北海道也享受觀光了。

～きらいがある
有…的傾向、總愛

1. 疲れやストレスがたまると情緒不安定のきらいがある。
累積過大的疲勞或壓力的話，會有情緒不穩的傾向。

2. 彼女は学歴で人を判断するきらいがあるようです。
她總愛用學歷去判斷一個人。

～こととて
因為

1. ここに住んでいたのは数十年前のこととて、ほとんど記憶にない。
住在這裡已經是數十年前的事了，所以幾乎沒有記憶。

2. 子どもがやったこととて、大目に見てやってください。
既然是孩子做的，就寬容地原諒他吧。

～でもあるまいし／
～じゃあるまいし
又不是…

1. 新人でもあるまいし、会議くらい仕切れないようじゃ困るよ。
又不是新人了，連會議這種事都應付不來也太讓人困擾了。

2. 嫌いで注意するんじゃあるまいし、助言として受け入れなって。
又不是因為討厭才提醒你的，所以就當作建議接受吧。

～手前
既然／面前

1. 子どもの手前、運動会ではどうしてもかっこいい姿を見せたい。
在孩子面前，那麼我一定要在運動會讓孩子看到我帥氣的樣子。

2. 会社の代表としてプレゼンする手前、失敗は許されない。
既然是要代表公司報告，那就絕對不允許失敗。

3. 試験で満点を取ると宣言した手前、後戻りはできないようだ。
既然都宣告考試要考滿分了，那就沒有後路了吧。

4. 美容室で働いている手前、髪には人一倍気を使っています。
既然都在美容院工作了，那當然比別人更加在乎自己的頭髮。

把背不起來的句型勾起來，時時複習！

□ **~とあって／**
~とあっては
因為…

1. 高級旅館とあって、顧客の要望に合わせたサービスが受けられる。
因為是高級旅館，所以也提供客戶所期望的服務。

2. 前回の優勝者を負かしたとあって、彼は世間から注目を浴びた。
由於打敗了上屆冠軍，使他得到了大眾的關注。

□ **~というところだ／**
~といったところだ
差不多…
……的程度罷了

1. スカイビルの建築工事が完了するまで残り1年というところだ。
高空大樓的建築工程距離完工差不多還有一年。

2. 夏休みの予定といっても劇場で公演を見るといったところです。
要說暑假計劃的話，那也就是去劇場看看演出的程度罷了。

□ **~どころではない**
哪有……的時候

1. 仕事が忙しくて、結婚準備どころではないのが実情だ。
因為工作太忙，哪有時間準備婚禮才是現在的實際情況。

2. この緊急事態に冗談を言っているどころではありません。
在這種緊急情況下，不是開玩笑的時候。

□ **~ともなれば／**
~ともなると
一到…的時候、一旦…的話

1. 7月ともなれば、裏山でセミたちが鳴き始めるといいます。
聽說，到了七月後山的蟬就會開始叫。

2. JLPTを受けるともなると、4か月前から勉強し始めないといけない。
一旦決定要考JLPT，那麼不從四個月前開始念書就不行。

□ **~ながらに／**
~ながらの
一邊…一邊
在…的情況下

1. 祖父は戦争について涙ながらに語ってくれた。
祖父一邊流著淚一邊將戰爭的事說給我們聽。

2. 彼女の生まれながらの才能には努力では対抗できない。
她那種與生俱來的才華，是我們努力也無法相比的。

□ **~なり…なり**
也好…也好…

1. 山なり、海なり、家族で出かけられるならどこでもいいです。
山上也好；海邊也好，只要能一家人一起出門去哪裡都好。

2. キャベツは炒めるなり、煮るなり、家庭料理に重宝される食材だ。
高麗菜無論用炒或用煮的，都是家常菜中非常重要的一種食材。

□ **〜に至るまで／** **〜に至って／** **〜に至る** 從…直到	1. 大事故から奇跡の回復に至るまでの経緯を書籍化した。 將嚴重事故後到奇蹟恢復的過程出版為書籍。 2. 留学するに至って、いくつかの書類の手続きが必要となります。 在出國留學之前，需要辦理一些文件。
□ **〜にたえない** 不勝…、不堪	1. 交番にお財布を届けてくださり、感謝にたえません。 將我的錢包送到派出所，真的是不勝感激。 2. 好きな芸能人について検索すると、聞くにたえない噂ばかりだった。 上網搜尋了一下喜歡的藝人，沒想到都是一些不堪入目的謠言。
□ **〜にたえる** 耐用、值得	1. デザインを重視したものより実用にたえる製品が欲しい。 比起重視設計的東西，我更想要耐用的產品。 2. 最近のアニメは大人でも見るにたえる作品が多いそうだ。 最近的動畫似乎有不少都值得大人一看的作品。
□ **〜に足る** 值得	1. 今回の結果は満足に足るものではなかった。 本次的結果並不讓人滿意。 2. 大事な裁判だから信頼するに足る人に弁護を任せるべきだ。 這場官司很重要，應該交由值得信任的人來辯護。
□ **〜には及ばない** 不必、用不著	1. あくまで当然のことをしたまでですので、お礼には及びません。 我只是做了我覺得應該做的事，用不著道謝。 2. 簡単な説明だけですので、お越しいただくには及びません。 我只是做個簡單的說明，您用不著特別跑一趟。
□ **〜も同然だ／〜も同然の** 和…一樣	1. 木村さんはギターが上手で、その腕前はプロも同然だという。 木村先生／小姐很擅長彈吉他，而且技術好得和專業的沒什麼兩樣。 2. この時点で過半数を超えたなら、彼の当選が決定したも同然だ。 在這個時間點已取得過半數的票，也和確認當選沒什麼兩樣了。

☑️ 把背不起來的句型勾起來，時時複習！

☐ **〜を契機に／〜を機に** 以…為契機	1. 彼のゴールを契機に、チームは活気を取り戻したようだ。 似乎是他的進球才讓整個球隊又活了過來。 2. 公金の横領が発覚したのを機に、政界の不正が次々に 公 になった。 挪用公款被發現後，政界的腐敗現象才接二連三地被揭發出來。

[N1中經常出現的N2文法]

☐ **〜あげく** 結果、最後	3 年間の浪人生活のあげく、結局医学部を諦めた。 經歷三年的重考生活，最終還是放棄了醫學院。
☐ **〜あまり(に)** 過度	兄は急いで食べるあまりに餅を喉に詰まらせたようだ。 哥哥好像是吃得太急，才被年糕噎到了。
☐ **〜上で** 根據	話し合いの上で、彼女の処分を決定しようと思います。 我想討論一下再決定怎麼處分她。
☐ **〜おそれがある** 恐怕…	劣化した電気製品を使用し続けると発火するおそれがあるそうだ。 持續使用磨損的電子產品，恐怕會有起火的危險。
☐ **〜すえに** 經過…最後	度重なる改良のすえに、ついに満足がいく製品が完成した。 經過重重的改良，終於完成了令人滿意的產品。
☐ **〜たびに** 每次	帰省するたびに老いていく両親の姿を見ると胸が痛む。 每次回家看到逐漸老去的雙親都讓我感到心痛。
☐ **〜とともに** 和…一起	時代の流れとともに人々の生活はますます便利になった。 跟著時代演進，人們的生活也愈來愈方便了。
☐ **〜にあたって／〜にあたり** 在…的時候	検査を受けるにあたり、当日は飲食をお控えください。 接受檢查時，當天請不要進食或飲水。

☐ **〜に先立ち／〜に先立って** 在…之前	舞台の公演に先立ち、制作発表会が開かれました。 在舞台劇公演之前舉辦了製作發表會。
☐ **〜にともない／〜にともなって** 隨著	子どもが生まれるのにともない、引っ越しすることにした。 隨著孩子的出生，我們也決定搬個新家。

連接於多種詞性後方的文法

☐ **〜うちに** 趁…時、在…之內	1. 学生のうちにやりたいことは全てやっておいたほうがいいよ。 趁著學生時期把想做的事情全做了比較好。 2. 紅葉がきれいなうちに登山に行きませんか。 趁著紅葉還很美一起去登山吧。 3. どうぞ温かいうちにお召し上がりください。 請趁熱享用。 4. 子どもが寝ているうちに家事を済ませなくてはならない。 只能趁著孩子熟睡時把家事做一做。
☐ **〜か否か** 是否…	1. 証言が事実か否か本当のところは当事者しか知りません。 證言是否屬實，事實上只有當事人知道。 2. 下した判断が賢明か否か分からないが、他に方法がなかった。 這個判斷是否高明我不知道，但也沒有其它的法子了。 3. 問題の答えが正しいか否か確認しなければならない。 必須檢查問題的答案是否正確。 4. ２回戦に進出できるか否か後半戦の戦術にかかっているようだ。 能否進到複賽看來關鍵在於後半場的戰術。
☐ **〜極まる／〜極まりない** 極其…非常	1. あおり運転は卑劣で大事故にも繋がる危険極まりない行為だ。 挑釁逼車是既惡劣而且還可能導致重大事故發生，是極其危險的行為。 2. 親しくもないのにお土産をねだるなんて厚かましいこと極まる。 明明關係也不是多好卻死皮要臉地索討伴手禮，可說是極其厚臉皮。

N1 必考句型

～ことだし
表示理由

1. 久々の連休であることだし、家族で遠出したい。
因為有久違的連續假期，我打算和家人一起出遠門。

2. 昇進は濃厚なことだし、早めの祝賀会でも開きましょうか。
升職的事已成定局，要不提前慶祝一下吧？

3. 参加人数が少ないことだし、セミナーは延期してもよさそうだ。
研討會的參加人數真的太少了，延期好像比較好。

4. 新薬を処方したことだし、来週には症状が治まるだろう。
醫生都開了新藥，下週症狀應該就會好轉了吧。

～だけあって／
～だけのことはある
不愧是…

1. 今年は猛暑だけあって、エアコンの売り上げが絶好調だ。
今年真不愧是酷暑，冷氣機的銷售量空前地好。

2. このブランドの限定モデルは貴重なだけあって、高値で売買されている。
這個品牌的限量款不愧是很貴重，以高價在市場上交易著。

3. 全ての投手の癖が分かるなんて野球に詳しいだけのことはある。
了解所有投手的習慣還真不愧是個棒球通。

4. 林さんの決断力は最年少で部長に任命されただけのことはある。
不愧是最年輕被任命為部長的人，林先 生／小姐的決策能力大家有目共睹。

～だけましだ
幸好

1. 胎児への影響が心配だが、感染力が弱い細菌であるだけましだ。
我很擔心會對胎兒造成影響，幸好只是傳染力較弱的細菌。

2. 要求は多いけれども、指示が具体的なだけましである。
要求雖然很多，但好在有具體的指示。

3. 以前の仕事より給料は低いが、福利厚生が手厚いだけましです。
雖然薪資比以前的工作還少，但好在福利很好。

4. 空がどんよりしていて残念だけど、雨が降らないだけましだよ。
天空灰濛濛的有點可惜，但好在沒有下雨。

～てしかるべきだ
理應

1. 人間はわがままな生き物だから、欲深くてしかるべきだ。
人類本就是個任性的生物，理應欲望深重。

2. 企業秘密を流出させたのだから、批難されてしかるべきだと思う。
都洩漏企業機密了，遭受批判也是理所當然。

～てはかなわない／～てはやりきれない

讓人受不了、接受不了，如果…的話…就沒有辦法了

1. 心を込めて育てた稲が台風で全滅ではやりきれないだろう。

   用心培育的稻米卻因為颱風全滅，真讓人接受不了。

2. 穏和なのはいいが、嫌味に気づかないほど鈍感ではかなわない。

   溫和的個性也很好，但不能遲鈍到連諷刺挖苦都察覺不了。

3. 日曜の朝だというのに、こう工事音がうるさくてはかなわない。

   明明是週日早上，卻因為施工聲吵到讓人受不了。

4. 目先の利益だけを見て、補助金を打ち切られてはやりきれない。

   只看到眼前的利益而讓補助金被終止，實在令人無法接受。

～ではないか

…不是嗎

1. 教師が生徒につけたあだ名がいじめの発端ではないか。

   老師給學生取綽號，難道不是霸凌的起因嗎？

2. 素人の救急処置よりも救急車を呼ぶ方が妥当ではないか。

   比起外行人做緊急處置，叫救護車更好不是嗎？

3. 頂上までもうすぐなのに、引き返すなんて情けないではないか。

   都已經快到山頂了，這時折返不是非常丟臉嗎？

4. 自分の失敗を棚に上げて、部下に責任を押し付けるではないか。

   這難道不是將自己的失敗束之高閣，將責任推給下屬嗎？

～ても差し支えない

即使…也無妨

1. 今回の裁判に参加するのは代理人でも差し支えありませんか。

   參與本次開庭的人，即使是代理人也無妨嗎？

2. おおまかでも差し支えなければ、見積もりをお出しいたします。

   如果只要一個大概，那我馬上就能提出報價。

3. 古くても差し支えなければ、こちらの物件がおすすめです。

   如果您不在乎屋齡老舊，那麼我很推薦這邊的房子。

4. 彼を日本映画界の宝と呼んでも差し支えないだろう。

   將他稱作日本電影界的寶物也無妨吧。

～てもともとだ

失敗了也沒什麼

1. だめでもともとでも、作成した企画案を部長に見せてみたら？

   就算不行也沒什麼，你要不要試著將做好的企劃案讓部長看一下？

2. 難関校だから落ちてもともとだと思っていたよ。

   我覺得反正就是個很難考的學校，就算落榜了也沒什麼。

☑ 把背不起來的句型勾起來，時時複習！

☐ **～とあれば**
如果…

1. 父は可愛い孫の頼みとあれば、何でも言う事を聞いてしまう。
   如果是他那可愛孫子的要求，無論說什麼爸爸他都會全盤接受。

2. 助けが必要とあれば、いつでも声をおかけください。
   如需幫助的話，請隨時喊我一聲。

3. 美人でスタイルがいいとあれば、性格に難点があるはずだ。
   如果是美女，身材又好，個性上應該都會有缺點。

4. 式典に首相が出席するとあれば、厳重な警備が求められるだろう。
   首相如果要出席典禮，那警備應該會更加森嚴吧。

☐ **～といえども**
即使

1. 同じ警察官といえども、部署によって業務が大きく異なる。
   即使都是警官，部門不同任務也會有很大的差別。

2. 交渉が順調だといえども、最後まで気を緩めてはいけない。
   雖說交涉非常順利，但在結束前都不能鬆懈。

3. 医療の進歩が著しいといえども、まだまだ治せない病気が多い。
   醫療雖然有非常顯著的進步，但還是有很多治不好的疾病。

4. 最高裁に上告したといえども、判決が覆るとは考えられない。
   雖然是上訴到最高法院了，但也無法想像判決結果能有什麼顛覆性改變。

☐ **～といったらない／
～といったらありゃしない**
不得了

1. 毎年夏の暑さには苦しめられるが、今年の猛暑といったらない。
   每年夏天都因嚴熱而苦，今年更是酷熱得不得了。

2. 沈黙が流れる教室の雰囲気は重々しいといったらありゃしない。
   安靜得一語不發的教室氣圍沉重得不得了。

☐ **～といっても …ない**
雖說…也不那麼…

1. 知り合いといっても、何度か顔を合わせたことしかないです。
   雖說是認識，但也只是見過幾次面而已。

2. クラシックが好きといっても、そんなに詳しいわけではない。
   雖然很喜歡古典音樂，但也不是那麼了解。

3. 経済成長が著しいといっても、アメリカは超えられないだろう。
   經濟雖說是有顯著的成長，但也無法超越美國。

4. 幼稚園に息子を預けるといっても、いつ入所できるか分からない。
   雖說要把兒子送進幼兒園，但仍不知道何時能正式入園。

~(か)と思いきや

□ 原以為…

1. 猫同士のけんかかと思いきや、ただじゃれ合っているだけのようだ。

原以為是貓咪在吵架，原來只是普通的玩鬧。

2. 入選は確実と思いきや、またしても賞を逃してしまった。

原以為一定能入選獎項，結果還是沒能獲獎。

3. ケーキがしょっぱいと思いきや、砂糖と塩を入れ間違えたらしい。

原以為蛋糕會很鹹，結果是誤將砂糖當成鹽加入了。

4. 品種の改良は難航するかと思いきや、スムーズに進んだ。

原以為品種改良會進行得很困難，沒想到如此順利。

~ところを

□ 正…時、…之時

1. お急ぎのところを申し訳ありませんが、アンケートにご協力ください。

很抱歉百忙之中打擾您，但請您協助我們的問卷調查。

2. 彼は危険なところを何度も助けてくれた私のヒーローだ。

他是曾在無數的危險中幫助我的，我的英雄。

3. 本日はお足元の悪いところをお越しいただきありがとうございます。

感謝您在這個惡劣的天氣下，還不辭萬難地前來。

4. 話しているところを悪いんだけど、企画書のコピーお願いできる?

很抱歉打斷你們說話，可以幫我複印一下企劃書嗎?

~とはいえ

□ 雖然…但是

1. 日本だとはいえ、暗い夜道を一人で歩くのは危険だ。

雖說是在日本，但深夜獨自走暗道還是很危險。

2. トリックが巧妙だとはいえ、集中すれば必ず見破れるはずだ。

這個特技雖巧妙，但仔細看的話一定能視破其中奧妙的。

3. 郵便局は寮から遠いとはいえ、車で行けば10分の距離ですよ。

郵局離宿舍雖然有點遠，但開車的話也只要十分鐘的距離。

4. 退院したとはいえ、まだ無理は禁物だと担当医に言われた。

雖然是出院了，但主治醫師還是吩咐不能勉強自己。

~とばかりに

□ 就像在說…一樣…

1. 偶然彼女に遭遇し、絶好の機会とばかりにデートに誘った。

我巧遇了她，就利用這個大好機會找她約會了。

2. 審判の判定に不服だとばかりにファンからはブーイングが起こった。

就像是不滿裁判的判定一樣，球迷們發出了噓聲。

3. ソファに横になっていたら、だらしないとばかりに母に尻を叩かれた。

我一躺到沙發上，就像是被說太難看了而被媽媽打屁股。

4. 正論を主張したつもりだが、口を慎めとばかりに鋭い視線を浴びた。

才想發表正論，四周就投來了一陣像是在說「請謹言慎行!」一樣的銳利眼神。

N1 必考句型

把背不起來的句型勾起來，時時複習！

～とみえる
看來…

1. 同僚が弁当を持ってきた。奥さんの手作りとみえる。

同事帶了便當。看來是他太太親手做的。

2. お歯黒について様々な説があるが、日本古来説が有力だとみえる。

有關於牙齒塗黑的歷史有多種說法，但看來還是來自日本古代的說法比較可信。

3. 電話を返さないのを見ると、彼女は今忙しいとみえる。

看她都沒有回電，看來她現在一定很忙。

4. 雲一つない快晴だ。台風は夜中のうちに過ぎ去ったとみえる。

天空萬里無雲，看來颱風在深夜中走了。

～ないとも限らない
說不定…

1. 証人として呼ばれた女性の発言が真実じゃないとも限らないよ。

以證人身分發言的女性，她說的話說不定是真實的。

2. 昨夜に行われた取り引きが不正ではないとも限りません。

昨晚的交易說不定存在違規行為。

3. 発注を受けた個数と納品した個数が等しくないとも限らない。

接受訂購的數量與交貨的數量，說不定是相等的。

4. 津波による二次災害が起こらないとも限りません。

海嘯說不定會引發二次災害。

～ながら(も／に)
雖然…但是

1. 回転寿司ながらも、味は老舗の高級寿司店に劣らないそうだ。

雖然是旋轉壽司，但味道也不輸老字號的高級壽司店。

2. ソン選手は小柄ながら巧みなドリブルで相手を翻弄した。

孫選手身型矮小，但仍以巧妙的運球玩弄了對手一番。

3. 態度はそっけないながらも兄の優しい言葉には何度も救われた。

雖然態度很是冷淡，但我無數次被哥哥溫柔的話語給救贖。

4. 旅番組を見ていると、家にいながら旅行している気分が味わえる。

看旅遊節目可以在家享受外出旅行一般的樂趣。

～ならまだしも／
～ならともかく
如果是…則另當別論

1. 新卒ならまだしも、既卒での採用は狭き門だと言われている。

如果是應屆畢業生那就另當別論，但聽說為歷屆畢業生開的錄取名額非常少。

2. 早急ならともかく、残業してまで終わらせる仕事だろうか。

如果是很緊急的工作那就另當別論，但這是需要加班趕完的工作嗎？

3. 山道が険しいならまだしも、こんなところでねんざするなんて。

如果是因為山路險峻那還另當別論，就在這種地方也能扭到腳真的是…

4. 連絡があるならともかく、無断で欠勤するとは常識がない。

如果有聯絡那也就算了，無故缺席真的是一點常識也沒有。

～なりに／～なりの
與…相應的

1. 私なりに老後の過ごし方について考えてみました。

我好好地思考了一下我自己變老之後想過的生活。

2. 一人暮らしを始めて自由は自由なりの大変さがあることを知った。

開始一個人生活之後，才了解自由也有自由的難處。

3. 実際に商品を使ってみれば、安いなりの理由が分かるはずです。

實際使用了商品之後，應該可以了解為什麼這麼便宜。

4. 諦めるのではなく、できないなりに努力することが大切だという。

重要的不是放棄，而是要在做不到時更加努力。

～に限る
最好…

1. おじは会う度ラーメンは札幌の味噌ラーメンに限ると言っている。

每次和叔叔見面，他總是會說拉麵還是要吃札幌的味噌拉麵最好。

2. 質がいいものを長く愛用したいから、洋服はシンプルなのに限る。

想要品質好又能耐穿的洋裝，那還是樸素的最好。

3. 一日の疲れをとるためには、お風呂は熱いのに限ります。

想要消除一整天的疲勞感，那最好的還是泡熱呼呼的澡。

4. テレビで見るのもいいが、野球はやはり球場で観戦するに限る。

在電視上看是也很好，但棒球果然還是要在棒球場上看最好。

～に越したことはない
莫過於…、最好是…

1. 少々高くてもカメラは高画質であるに越したことはないそうだ。

雖然有點貴，但相機的話最好還是要高畫質的。

2. この年齢になり、体が丈夫であるに越したことはないと思う。

到了這個年齡，最好的莫過於身體健康了。

3. 外見がいいに越したことはないが、人間は中身が第一だ。

雖然外表好看最好，但人的話還是內在最重要。

4. 育児はお金がかかるから、今から貯金するに越したことはないよ。

育兒需要花很多錢，最好還是從現在開始存錢。

～にしたところで／～としたって
即使也…、就連也…

1. 木村さんにしたところでこんな問題に巻き込まれては迷惑だよ。

即使是木村先生／小姐，被捲入這樣的問題也是非常困擾的。

2. CO２の削減基準を明確にしたところで、効果が現れるわけではない。

即使明確訂定了減少二氧化碳的基準，也未必就有效果。

3. ずうずうしいとしたって、列に割り込むなんて信じられない。

即使臉皮再厚，就這樣插隊還是讓人難以置信。

4. 議員の不祥事を報じるとしたって、権力に潰されるだけです。

報導議員的醜聞，也只會被權力所壓制。

☑ 把背不起來的句型勾起來，時時複習！

～にしても
即使…

1. 警察にしても、もう少し慎重に捜査を進めるべきだった。
   即使是警察，搜查也應該再謹慎一點。

2. 知識が幅広いにしても、専門性がなければ意味がありません。
   即使知識範圍再廣泛，沒有專業性還是毫無意義。

3. 別れを告げるにしても、言い方というものがあるだろう。
   即使是要提分手，也是要好好說話的吧。

～にもほどがある
…也應有個限度

1. 任された仕事を途中で投げ出すとは無責任にもほどがある。
   半途丟下交辦好的工作也太過沒有責任心了。

2. 愛する我が子の誕生日会とはいえ、盛大にもほどがあります。
   雖說是我親愛兒子的生日派對，但也太過於盛大了。

3. お年寄りを狙った詐欺を図ろうなんてあくどいにもほどがある。
   以老年人為目標的詐騙行為真的是太過於惡毒了。

4. 耳が悪いのは分かるけど、聞き返すにもほどがあるってもんだよ。
   雖然知道你耳朵不好，但這種反覆問的程度也太誇張了吧。

～のではないか
這就是…、這才是…（委婉的主張）

1. 心を許せる人がいないこと、それが本当の孤独なのではないか。
   連個傾訴內心的人都沒有，這才是真正的孤獨吧。

2. 食料自給率を4割に引き上げようとは、無謀なのではないか。
   試圖將糧食自給率提升到四成是很魯莽的決定。

3. この画家の名前も知らないなんて、教養が乏しいのではないか。
   連這位畫家的名字都沒聽過，也太沒素養了吧。

4. 他社の買収が弊社に多大なる損害をもたらすのではないか心配だ。
   我很擔心收購其它公司對本公司會造成莫大的損害。

～のなんのって
…得不得了、實在是太…

1. 夜景がきれいなのなんのって、本当に感動しました。
   夜景漂亮得不得了，真的太感動了。

2. 今年は梅雨が長引いて蒸し暑いのなんのって我慢できない。
   今年因為梅雨季拖很長，悶熱得不得了，讓人難以忍受。

3. 彼女はよく食べるのなんのって。ご飯を2杯もおかわりした。
   那個女孩子實在是太會吃了，飯都續了兩碗了。

□ **〜のをいいことに**
藉著

1. 客なのをいいことに傲慢な態度をとる人たちがいる。

   有一些人總是會藉著客人的身份擺出傲慢的態度。

2. 寛容であるのをいいことに皆彼女に雑用を押し付ける。

   每個人都利用她的寬容強加雜務在她身上。

3. 乗客が少ないのをいいことに荷物で席を占領している。

   趁著乘客少用行李佔用座位。

4. 彼は電車が混んでいるのをいいことに痴漢を繰り返した。

   他反覆利用電車擁擠的時段在電車上做出性騷擾行為。

□ **〜ばこそ**
正因為…才…

1. 大人であればこそ、ささいな幸せに気づきにくい。

   正因為是大人了，才難以察覺到那些小小的幸福。

2. 夫婦の仲が円満であればこそ、子どもは素直に育つんです。

   正因為夫妻間感情圓滿，才能將孩子養育成正直的好人。

3. 緩いカーブが多ければこそ、事故が起きやすいそうだ。

   聽說就是因為有那麼多和緩的彎道，才容易有那麼多的事故。

4. 天才と呼ばればこそ、他人に弱みを見せられないものです。

   就因為被稱作天才，才不能讓別人看見弱點。

□ **〜ものだから**
就是因為

1. まだ学生なものだから、贅沢する金銭的な余裕はありません。

   就是因為還是學生，所以沒有多餘的財力可以揮霍。

2. 几帳面なものだから、確認を二度しないと気が済まない。

   他就是個做事嚴謹的人，不檢查個兩遍不會滿意。

3. 幸せは何気ないものだから、失ってからじゃないと気づきにくい。

   因為幸福是無意識的，不失去就很難意識到。

4. 部長が機嫌を損ねたものだから、会議の雰囲気は最悪だった。

   因為部長心情不好，整個會議的氣氛都糟透了。

□ **〜ものを**
要是…就好了…

1. 本当は繊細なものを、どうして君は強がってしまうのか。

   要是能再細膩一點就好了，為什麼你會這麼逞強呢？

2. すぐに謝罪すればよかったものを、本当に頑固なもんだ。

   要是立刻謝罪不就好了嗎？真的太頑固了。

3. 言ってくれればお弁当を準備してあげたものを。

   你說一聲的話我就幫你準備好便當了。

☑ 把背不起來的句型勾起來，時時複習！

[N1中經常出現的N2文法]

□ **～上(に)**
而且

かね も うえ かお よ なか ふ こうへい
お金持ちである上に顔までいいとは、世の中不公平ではないか。

既有錢顏值又高，這世界也太不公平了吧。

□ **～からといって**
不能因為…就…

から す た す からだ よ
いくら辛いものが好きだからといって、食べ過ぎは体に良くない。

不能因為喜歡辣就猛吃，吃太多對身體還是不好。

□ **～こそ …が**
是…沒錯…但…

えい が しゅつえん だれ わ なま え し
映画に出演していたので誰か分かりこそするが、名前までは知らない。

由於他有演過電影，所以還能認得出是誰，但名字的話就不知道了。

□ **～ことか**
多麼……啊

みち ひろ たから あ こううん
道で拾った宝くじが当たるとは、なんて幸運なことか。

在路邊撿到的樂透居然中獎了，這是多麼幸運的事啊！

□ **～ことに／～ことには**
…的是

こんちゅう しょくぶつ
おもしろいことに、昆虫をえさにする植物がいるらしい。

有趣的是，聽說有的植物還會將昆蟲當作食餌。

□ **～てたまらない**
…得不得

あいけん わたし か ぞく す す
愛犬は私たち家族が好きで好きでたまらないようだ。

我的寶貝狗狗喜歡我們一家人喜歡得不得了。

□ **～てならない**
得不得了…

じゅぎょうちゅう おとうと びょうじょう き
授業中にもかかわらず、弟の病状が気になってならない。

儘管是在上課中，我還是擔心弟弟的病情擔心得不得了。

□ **～というものだ／
～ってもんだ**
稱之為

あいて たちば た かんが はいりょ
相手の立場に立って考えることが配慮というものです。

站在對方的立場考慮就稱之為顧慮。

□ **～どころか**
哪裡…

ひと ゆる かれ きょく ど しんけいしつ
一つのミスも許さない彼はおおらかどころか、極度の神経質だ。

連一個失誤都不能原諒的他哪裡是心胸開闊，根本就是神經質。

□ **～としても** 即使…也	いくら品質が良いとしても、服にそんな金額は出せません。 即使那件衣服品質再好，我也不會花這麼多錢買衣服。
□ **～ないことには** 如果不…	冷たくないことには、白ワイン本来の旨味が楽しめないという。 聽說白酒不夠冰的話，就無法品嘗出本身的甘甜味。
□ **～にすぎない** 只是…	先生も冗談で言ったにすぎないから、気にしなくていいよ。 老師只是在開玩笑罷了，別在意。
□ **～に相違ない** 一定…	ゲリラ豪雨などの異常気象も地球温暖化の影響に相違ない。 遊擊型暴雨等異常氣候也一定是受到全球暖化的影響。
□ **～に対する／** **～に対して** 對於…	ストーリーが単調なのに対して、読者は不満がないのだろうか。 對於故事的單調，讀者難道沒有不滿嗎？
□ **～にもかかわらず** 不論	外が騒がしいにもかかわらず、彼は練習に没頭していた。 不論外面多吵鬧，他都埋頭在練習中不受影響。
□ **～のみならず** 不僅…而且	洪水で橋が崩壊したのみならず、被害は周りの住宅にも及んだ。 洪水不僅摧毀了橋，更殃及了周圍的住宅。
□ **～ばかりに** 就因為…	奥さんの料理がおいしいばかりに、つい食べ過ぎてしまうという。 因為太太做的菜太好吃了，不知不覺就吃太多。
□ **～べきだ／** **～べきではない** 更應該…	非常事態が発生したときこそ、冷静であるべきです。 正因為是緊急狀況，才更應該冷靜面對。
□ **～もかまわず** 不顧…	批判が集まっているのもかまわず、市長は条例を取り下げなかった。 市長面對批判聲量愈來愈大也不管，還是不撤回條例。

☑ 把背不起來的句型勾起來，時時複習！

□ **～ものだ**
理應…

母語とは違い、外国語は使わないと忘れるものだと言われている。
<ruby>母語<rt>ぼご</rt></ruby>とは<ruby>違<rt>ちが</rt></ruby>い、<ruby>外国語<rt>がいこくご</rt></ruby>は<ruby>使<rt>つか</rt></ruby>わないと<ruby>忘<rt>わす</rt></ruby>れるものだと<ruby>言<rt>い</rt></ruby>われている。
據說外國語言與母語不同的是只要不用就會忘記。

□ **～ものの**
雖然…但是

近代的な外装であるものの、中はバリアフリーになっています。
<ruby>近代的<rt>きんだいてき</rt></ruby>な<ruby>外装<rt>がいそう</rt></ruby>であるものの、<ruby>中<rt>なか</rt></ruby>はバリアフリーになっています。
雖然從外面看是近代的建築，但裡面是無障礙的設計。

□ **～もんか／～ものか**
怎麼會…

動物園の飼育係が鳥の生態にまで詳しいものか。
<ruby>動物園<rt>どうぶつえん</rt></ruby>の<ruby>飼育係<rt>しいくがかり</rt></ruby>が<ruby>鳥<rt>とり</rt></ruby>の<ruby>生態<rt>せいたい</rt></ruby>にまで<ruby>詳<rt>くわ</rt></ruby>しいものか。
動物園的飼育人員怎麼會連鳥的生態都一清二楚呢？

□ **～わけでもない／～わけではない**
並不是…

家族と離れて暮らしているが、寂しいわけでもないようだ。
<ruby>家族<rt>かぞく</rt></ruby>と<ruby>離<rt>はな</rt></ruby>れて<ruby>暮<rt>く</rt></ruby>らしているが、<ruby>寂<rt>さび</rt></ruby>しいわけでもないようだ。
雖然是和家人分開生活，但似乎也不是很寂寞的樣子。

□ **たとえ ～ても**
即使…也…

たとえ最低賃金を引き上げても、貧困問題の解決にはならない。
たとえ<ruby>最低賃金<rt>さいていちんぎん</rt></ruby>を<ruby>引<rt>ひ</rt></ruby>き<ruby>上<rt>あ</rt></ruby>げても、<ruby>貧困問題<rt>ひんこんもんだい</rt></ruby>の<ruby>解決<rt>かいけつ</rt></ruby>にはならない。
即使提高最低薪資，也無法解決貧困問題。

-メモ-

-メモ-